AF583043

EL PERDIDO MACKENZIE

O Los Giros del Destino

Esta novela,
No se refiere a ninguna persona en particular,
ya sea viva o fallecida
Cualquier parecido con la realidad,
es pura coincidencia.

Juvenal Ramírez Gallo

El perdido Mackenzie

O los Giros del Destino

NOVELA

Título: El perdido Mackenzie – O los giros del destino
Autor: Juvenal Ramírez Gallo
Editor: Idelfonso Juvenal Ramírez Gallo
Av. Las Calezas 349 – Rímac - Lima
2a. edición – noviembre 2023
Impresión bajo demanda
ISBN:978-612-00-9208-8
Depósito Legal N°2023-11840
Se terminó de imprimir en:
Amazon Digital Services LLC
410 Terry Avenue North Seattle, Wa, 98109, United States

Imagen de la cubierta:
Galería de imágenes de *Amazon Kindle Direct Publishing*.
Categorías/negocios y viajes/transporte/200361890-001

Para

Mercedes

Muriel

y Estefanía

Y para mi hermano Manuel

que me inspiró

esta historia

1

FEDERICO

Jamás pudo imaginar que terminaría sus días agonizando recostado en los palos de un corral de vacas, agarrado al cerco reseco como un náufrago en un mar de arena; y en un pueblo que muy pocos han oído nombrar y, sin embargo, no lo hizo cuando cruzó el atlántico en plena guerra mundial bajo el ataque de los submarinos alemanes.

Federico Escobar, alias el perdido, alias Mr. Mackenzie. Nació el veintitrés de enero de mil novecientos veintiuno, en un pueblo muy pequeño, que no figuraba en los mapas todavía, de la Provincia Litoral, hoy departamento, de Tumbes, en el extremo norte de la República del Perú. Cuando nació, el pueblo era la hacienda Cenagal de su padre, don Basilio. Creció en el campo, al aire libre, entre cabras, ovejas y vacas. Tuvo el privilegio de vivir su niñez en una época de relativa abundancia, asociada a la presencia o ausencia de lluvias. Hasta los doce años le tocó vivir tres años «secos» intercalados con los de lluvias «normales» y dos de mucha lluvia, especialmente el del año veinticinco muy recordado por la gente de la región. Por eso pudo disfrutar la naturaleza del bosque que rodeaba su casa, de la lluvia, de las verdes praderas por más de la mitad de cada año, de la abundante agua fresca en la quebrada, de los aromas cambiantes de la floresta según la estación y las floraciones. Para sus padres también la vida era más fácil y su esfuerzo era mejor retribuido, el ganado aumentaba, la abundancia de la leche les permitió comprar centrífugas para producir mantequilla y así llevar su producto a las ciudades.

Pero Federico también disfrutaba de otras cosas que no estaban relacionadas necesariamente con las lluvias, como acostarse boca arriba sobre la tierra tibia a deslumbrarse con el manto de estrellas nítidas, brillantes, buscando a las fugaces, en competencia con sus hermanos y amigos para gritarles «Dios te guíe, Dios te guíe».

Sus primeras letras las aprendió en su casa con el profesor contratado por su padre, lo que le equivalió al primer grado en una escuela fiscal. Luego fue enviado a la ciudad de Sullana para que termine sus estudios primarios y empiece los secundarios. La esperanza mayor de su padre era que siga una carrera. En esos tiempos hacer que un hijo estudie lejos de casa era un verdadero lujo. En la mayoría de los casos se consideraba suficiente instrucción la que se recibía en casa que incluía lenguaje, matemáticas y religión; además de leer y escribir; o la recibida en la escuela fiscal hasta primer grado.

Fue un hijo tardío, en el sentido de que su padre pasaba los cincuenta años, cuando lo tuvo. Se decía que descendía de un inmigrante austriaco, pero nunca se pudo demostrar. Los documentos decían que su padre era natural de Amotape de padres peruanos. Sin embargo, el aspecto europeo de su abuelo avivaba la idea de su origen extranjero, haciendo que algunos pensaran que era italiano y otros que iban más lejos, decían que era yugoslavo, pero en ningún caso había evidencia.

2

SULLANA

Sullana, una provincia del departamento de Piura, al sur de la Provincia Litoral de Tumbes, fue escogida por don Basilio para que su último hijo continúe sus estudios. El pueblo de Cenagal estaba situado entre las ciudades de Sullana y Tumbes. Más cerca de Tumbes, por el norte, que, de Sullana, por el sur, sin embargo, por la mayor actividad económica con la última hacía que se tuviera más relación con ella. Esa era la razón y lo siguió siendo tiempo después, por la que los padres no preferían a Tumbes a la hora de enviar a estudiar a sus hijos.

Dentro de aquella lógica, don Basilio, llevó a Federico a Sullana para que estudie. Recorrió el camino con su hijo y Sebastián, su «campista», es decir el encargado de cuidar las vacas, que en otros lugares llaman «vaquero». Siguieron el camino, que para algunos es el que siguió Pizarro y para otros es parte del *Qhapaq Ñan* o camino Inca. Recorrieron más de cien kilómetros, en solo dos jornadas, al inicio con mucha vegetación al borde del camino y con ese característico olor de yerba fresca, para al fin entrar por Marcavelica. Era el final del verano en el bosque tropical seco con lluvias moderadas a diferencia del año anterior que habían sido muy intensas.

La intención de don Basilio, era pedir a su sobrina Ángela, que residía en aquella ciudad, que lo recibiera en su casa por el tiempo en que seguiría sus estudios.

—Sobrina —le dijo, después de los saludos protocolares—, quiero que mi último hijo aprenda más que a leer y escribir. Quiero que siga una carrera.

—¿Aquí en Sullana, tío? —preguntó sorprendida Ángela, porque en esta ciudad no existía algo como una universidad.

—Aquí en Sullana, hasta donde se pueda. Luego se verá dónde continúa.

Ángela, lo sabía muy bien, no tenía alternativa, porque su tío no estaba preparado para entender que se pudiera negar el hospedaje a nadie, porque así era la costumbre y casi una ley en su pueblo. Se practicaba a rajatabla el dicho de «dar posada al peregrino y beber al sediento». Claro que Federico no era estrictamente un peregrino, pero para el tío Basilio, eso solo sería una sutileza.

—Ah, ya entiendo, tío. Me parece muy bien. Cuenta con mi apoyo —dijo Ángela ante lo inevitable y porque, no le desagradaba la idea, pues le haría compañía y le ocuparía sus días. Es que Ángela hacía mucho tiempo que vivía sola, desde que falleció su marido. Su hija y su hijo, ya casados, vivían la una en la ciudad de Piura y el otro en la de Talara. Los recursos para sustentar sus gastos de vivir, los obtenía de alquilar unas tierras heredadas de su esposo; y por la ayuda de sus hijos. A pesar de su marido fallecido y sus hijos ya casados, no tenía más de cincuenta años.

—Justamente, sobrina, necesito de tu apoyo. Te lo quiero encargar mientras estudia acá.

—No hay ningún problema tío. Estaré encantada de ayudar.

—Muchas gracias. Sabía que podía contar contigo —don Basilio respiró aliviado.

—Muchas gracias por la confianza, tío.

—Desde luego tendrás toda la autoridad para aplicar correctivos si fueran necesarios para enrumbarlo por el buen camino. Está un poco consentido. Si es necesario castigarlo, tienes mi autorización.

—¿Y qué dirá mi tía Mariana, si lo castigo?

—Nada. Porque ya está conversado y hablo también por ella.

—Espero no llegar a eso. Parece un niño inteligente.

—Inteligente es. Pero a veces medio rebelde.

—Lo veo tranquilo.

—Que no te engañen las aguas mansas. Ya sabes lo que dice el dicho.

—«Cuídame Señor de las aguas mansas, que dc las aguas bravas me cuido yo»

—Exacto ¿Y cuánto me vas a cobrar, sobrina?

—¿A cobrar?, nada. Solamente mándele para su ropa, para el lavado me refiero, y su aseo o gastos menores.

—Bien. No quiero que maneje dinero. Es muy pequeño. Te enviaré a ti una cantidad mensual y si falta me avisas. Te estoy muy agradecido.

—No hay por qué, tío. La familia está para ayudar.

Así pasó Federico a depender de la tía por casi cuatro años. Con interrupciones en los meses de verano, cuando por vacaciones regresaba a Cenagal con su familia. Contaba con una habitación para él solo, con la única condición impuesta por la tía de mantenerla limpia y ordenada, como la había mantenido siempre su hijo, el anterior ocupante.

El padre antes de regresar a su pueblo dejó instituida otra tarea para Federico; y esta consistía en barrer un corral grande que tenía la casa en la parte posterior con un gran algarrobo en el centro y algunos frutales a los lados; y que servía como caballeriza. Allí dormían y se alimentaban las mulas cuando llegaba don Basilio y anteriormente había sido ocupado por la cabalgadura del esposo de Ángela. Federico, además deberá recoger el estiércol producido por los animales dentro del corral y utilizarlo como abono de los árboles frutales. También don Basilio dejó instituido que Federico se dirija a Ángela como tía, por la diferencia de edad y para acentuar el grado de dependencia que se estaba estableciendo.

Ángela matriculó a su flamante sobrino en el Centro Escolar de Varones de la calle Simón Bolívar, donde resultó ser el más alto entre sus compañeros y también el de mayor edad, esto último debido a que empezó tarde a estudiar y porque perdió un año antes de que su padre decidiera que continúe sus estudios. El año treinta y seis, en que terminaría su primaria coincidió con un aumento significativo de su talla que lo convirtió en ya no el más alto entre sus compañeros de salón, sino de todo el colegio, incluidos los profesores. Ser flaco y desgarbado le daba una apariencia de torpeza, lo que propiciaba las burlas de sus compañeros. Además, por compartir con entusiasmo la vida que llevaba en el campo ayudando a criar y curar ganado, explicándole a todo aquel que quería oír, las técnicas del laceo y de cómo inmovilizar a un novillo. Con lo que se ganó la admiración de unos; y de otros, los que no lo querían, otra forma de insultarlo, llamándolo «montuvio come yerba», apodo que le resultaba inexplicable en lo de comer yerba. Sus detractores eran muy pocos, pero muy activos y para detener sus burlas los enfrentó a puño limpio, en la orilla del río Chira, lugar de moda para dirimir diferencias. Así pudo terminar con las burlas directas, pero no pudo evitar que desde el anonimato lo sigan molestando. Tal cosa sucedía cuando lo exponían a los maltratos del profesor de religión, acusándolo de indisciplinas que no cometía.

El profesor de religión era un cura que creía que la palabra de Dios entraba en la cabeza de los niños, a cocachos. Federico había sido víctima de sus arranques violentos en varias oportunidades y quería vengarse, pero no sabía cómo, hasta que se enteró de un pecado del cura y decidió exponerlo, aunque de una manera bastante torpe, cuando en medio de una clase el cura preguntó:

—¿Ya entendieron?

Federico levantó la mano y se puso de pie para hacer su pregunta.

—Padre, tengo una pregunta.

—¿Qué tienes tú que preguntar? —dijo el cura acompañándose con ademanes que simulaban sostener balanceando una pesa en cada mano, cambiándole el sentido de sus propias palabras a: «¿Qué tienes tú que preguntar, tarado?»

Federico, no asimiló bien el golpe. Se puso morado de la ira, mientras sus compañeros y el cura celebraban con grandes risas.

Tragó saliva y tratando de mantener la serenidad, preguntó:

—¿Qué es el celibato, padre?

—¿Eso es el tema de esta clase? —repreguntó el cura y mirando al techo exclamó—: ¡Señor por qué me castigas así!

Nuevas risas. A Federico, le hubiera gustado estrangularlo en esos momentos. El cura pidió silencio haciendo ademanes con las manos para continuar con la clase, pero Federico lo interrumpió.

—¡No quiere responder!, ¡porque eso es pecado!, ¡porque usted es un pecador!

Había levantado la voz, que se le había vuelto temblorosa por la ira; y ahora tenía toda la atención del salón. Ya no preguntaba, acusaba.

Ahora el encolerizado era el cura.

—¿Qué estás diciendo, criatura del demonio?

—¡Que usted es un pecador, porque usted tiene mujer y tiene hijos!

El salón se llenó de murmullos y el cura lejos de explotar a cocachos, como era su costumbre, pidió silencio; y haciendo un gran esfuerzo para controlar su ira, demostró sus dotes de actor cuando les dijo:

—Esto, niños, es obra de satanás. La mentira. La calumnia. Yo sé que no es el alumno el que habla. Es el maligno que ha venido a tentarme, para que yo lo castigue como debiera. Pero yo no obedezco a satanás. Acompáñenme a orar por este pobre niño: Padre nuestro …

Terminaron de rezar y el cura volvió a intervenir, ahora dirigiéndose a Federico:

—Esta es tu penitencia, hijo: hoy, antes de acostarte, rezarás un padrenuestro y una avemaría.

—Sí, padre —dijo Federico. No sabía que otra cosa decir.

En el recreo, Leandro, su compañero de carpeta, se burló de él por esa respuesta.

—«Sí, padre» ¿Qué fue eso?

—Me sorprendió el cura cuando yo estaba preparado para que me expulse.

—¿Y por qué le dijiste lo de los hijos?

—Porque es verdad, pues compadrito. Pero, sobre todo, para molestarlo, para que vea que yo también lo puedo fregar.

—No le interesa que lo señales.

—¿No has visto su casa en la carretera que va al molino? —insistía Federico.

—Claro. La vez pasada lo vi llegar caminando, a plena luz del día. Ya no le importa que lo vean.

—¿Viste las ventanas de su casa? Todas forradas con gruesas cortinas. No quiere que vean desde afuera.

—Haciendo cositas no santas. Ja, ja.

—¿Tú crees que el director también lo sabe? —preguntó Federico, que parecía seguir pensando que era un secreto.

—Claro, el director, el maestro y hasta el obispo.

—¿Y por qué no hacen nada? —se extrañaba Federico.

—Porque el vivo dice que es su empleada. Que sus hijos son de ella con otro hombre. Él solamente hace obra de caridad con los niños.

—O sea que encima es un santo.

—¡Sí! Y te capeó bien, tienes que admitirlo.

—Cierto, el «Santo crisma» es un verdadero fatal.

Al cura, los muchachos le habían puesto por apodo «El Santo Crisma» porque siempre al iniciar el año escolar, empezaba su clase explicando el Santo Crisma. Para los alumnos, especialmente para los del último grado, lo que dijera o hiciera el cura para enseñar religión, no podía ser tomado en cuenta por venir de alguien que no merecía ser llamado sacerdote.

La actuación del cura frente a los alumnos ante la revelación de Federico, lo hizo suponer a este que lo dejaría en paz. Estaba equivocado. No había clase que no terminara golpeándolo. Contaba con la complicidad de los antiguos enemigos, que anteriormente se los había desprendido a golpes a la salida de la escuela. Lanzaban bolas de papel o imitaban ruidos de animales, como ladridos, maullidos, rebuznos, o lo que les venga en gana y a continuación gritaban:

—¡Alumno Federico Escobar, no haga eso!

Que era como el grito de guerra para que el cura, como poseído se lanzara contra Federico.

Este juego perverso, se repetía en todas las clases de religión. El cura invariablemente se acercaba y le daba una serie de golpes, con la mano abierta, como bofetadas sobre la cabeza, a veces lo expulsaba del salón. Siempre le ponía once en los exámenes, sin importar lo que respondiera, sin embargo, no lo jalaba, porque nunca jalaba a nadie. No jalar a nadie era su marca registrada. Nunca leía las respuestas de los exámenes, solamente se fijaba en la cantidad escrita. Eso lo sabían los estudiantes por eso llenaban las hojas de respuestas con padrenuestros y avemarías. Era común escuchar a los estudiantes de quinto año comentando sus notas:

—¿Cuánto te sacaste en religión?

—Catorce.

—¿Catorce, nomás? ¿Cuántos padrenuestros le pusiste?

—Dos.

—Ah, no. Tienes que poner cuatro y te sacas dieciocho.

Las clases de religión se dictaban en las dos primeras horas de los lunes y los viernes. Esos días eran el infierno personal de Federico. Hubiera preferido no asistir, si no fuera porque quería evitar los regaños de la tía Ángela y la muy probable paliza de su padre cuando se enterase; y no por el dolor del látigo, sino por la vergüenza del castigo, que «con el permiso» de la tía se lo aplicaría en el corral, en la próxima venida a «darle vuelta».

3

LA FUGA

En la clase del último viernes del mes de noviembre, se repitió la historia. Alumnos de la última fila tiraron una bola de papel y la estrellaron contra la pizarra. Cuando el cura volteó indignado, sus enemigos gritaron señalándolo:

¡Fue Federico, padre!

El cura, entonces, sin mediar palabra se dirigió hasta la carpeta del muchacho y arremetió contra él a bofetadas.

—¡Ya basta, carajo! —reaccionó Federico, poniéndose de pie sobrepasando en altura al cura, este claramente asustado retrocedió gritando:

—¡Rápido, llamen al auxiliar! Que este criminal me está amenazando —el cura le dio la espalda y se dirigió a su pupitre al costado derecho del pizarrón.

Fue aquí cuando Federico pierde totalmente la paciencia: toma el tintero de su carpeta y se lo lanza al cura, pero con tan mala puntería que termina estrellado contra el pizarrón, no obstante, salpica tinta y vidrios por todos lados, en la mesa y en la sotana del cura.

—¡Vamos, que esperan, llamen al auxiliar García! ¡Y a la policía! —El cura exagera para aumentar la posibilidad de que expulsen para siempre a este alumno incómodo.

Los alumnos no atinaban a obedecer, lo que aprovechó Federico para dirigirse a la salida y el cura creyendo que iba por él salió gritando del salón:

—¡Auxilio, quítenmelo que me quiere matar!

Algunos alumnos que caminaban por el pasadizo se detuvieron a mirar sin saber que pasaba, pero no hicieron nada. El cura iba a paso ligero en dirección a la regencia. Federico, que corrió en la misma dirección, parecía que lo perseguía, cuando en realidad se dirigía a la puerta de salida del colegio; donde, para salir, le dijo al portero que iba a comprar cigarrillos para el profesor de religión.

Desde ese día no se volvió a saber más de Federico en el colegio.

Cuando las clases de la mañana terminaron, los alumnos se fueron a sus casas. En un parque cercano, Federico esperaba a su amigo y compañero de carpeta Leandro, este le traía sus cuadernos que había dejado en la carpeta y con la noticia de que iban a citar a su padre o apoderado para ver si lo expulsaban o solo lo suspendían.

—No te preocupes amigo —le dijo Federico a Leandro—, que no pienso volver. Dejo este colegio para siempre. Ya estoy harto.

—¿Y qué vas a hacer?

—No lo sé. Pero tampoco puedo volver a la casa de mi tía, porque le llevarán el chisme y luego a mi padre que me sacará la mugre.

—Creo que si le pides perdón el cura se ablandará.

—¿Pedir perdón? ¿Qué te pasa? ¿Acaso no has visto cómo me persigue?

—Pero es que tú lo jodiste con eso de la mujer y los hijos.

—¿Y acaso no es cierto? Lo que pasa es que se hacen los tontos.

—Si no puedes regresar a tu casa, entonces ¿Qué te queda?

—Fugarme —lo dijo con determinación Federico, que su amigo lo quedó mirando sorprendido.

—¿Fugarte?

—Sí. Fugar. Lo he venido pensando desde que este cura me ha venido fregando. Mi intención inicial era agarrarlo a patadas antes de escapar, pero las cosas se han dado de otra forma.

—¿Pero a dónde has pensado fugarte?, ¿a Lima?

—No. Fuera del país.

—¿A qué país?

—No lo sé todavía. Pero ya tengo una idea. Te voy a contar, pero no le digas a nadie hasta después de un mes por lo menos. No sé qué puedan hacer o si algo pueden. Pero de todas maneras para evitar.

—¿Qué es lo que has planeado?

—¿Te acuerdas de Mauricio, el de la calle Loreto? Se retiró el año pasado.

—Claro que me acuerdo y ya estoy entendiendo.

—Este Mauricio, cuando cumplió los dieciséis años se hizo vaporino con un tío que anda en un barco mercante, es ayudante de cocina o algo así. Me dijo que si quería hablaba con su tío y me embarcaba.

—Pero tú no tienes dieciséis años, si es que reciben a esa edad como dice Mauricio.

—No tengo dieciséis, pero los voy a tener.

—¡Todos vamos a tener dieciséis! Pero dentro de dos o tres años.

—Diré que tengo dieciséis ¿todos no me dicen que por mi estatura parezco de más edad? Además, ya tengo quince y ando en dieciséis que casi es lo mismo. Porque en enero los cumplo.

—Pero no es lo que tú digas, te pedirán documentos.

—De eso se encarga Mauricio, me dijo que ya lo había sonsacado a su tío. Y lo mejor de todo: su barco está en Paita y listo para partir. Me lo dijo ayer. Así que no pierdo tiempo. Adiós, amigo, quédate con mis cuadernos.

Se abrazaron los muchachos palmeándose las espaldas.

—Cuando vuelvas me visitas, no te olvides— le dijo Leandro, visiblemente conmovido.

—No pienso volver. Me desembarcaré en algún país y me quedaré.

Se separaron.

4

LA PARTIDA

Federico se fue en busca de Mauricio hasta la cuadra cuatro de la calle Loreto.

—Buenas tardes, María. ¿Está Mauricio?

—No. No está —le contestó María la hermana menor de Mauricio—, pero estoy yo, ja ja.

—Vamos María, no estoy para juegos.

—Uy, que seriedad del señor.

—Contéstame bien. ¿Está?

—Ya te contesté bien. No está. ¿Es que no entiendes?

—¡¿Quién es?! —preguntó desde adentro de la casa una voz de mujer, que a Federico le pareció de la madre de Mauricio.

—Es Federico, mamá. El amigo de Mauricio —se apresuró a contestar María.

—¿Ya le dijiste que está en Paita?

—Sí, mamá —mintió María.

—Hola, hijo —dijo la mamá asomándose por la puerta—. ¿Buscas a Mauricio?

—Sí, doña Gertru.

—Está en Paita, parece que hoy zarpan.

—Uy, entonces debo apurarme —se le salió.

—¿Apurarte para qué?

—Para nada doña Gertrudis, solamente quiero hacerle un encargo.

—Entonces, debes apresurarte.

—Sí, doña Gertrudis, me voy corriendo a tomar el tren.

—¿El tren? Te vas a demorar demasiado. Tiene bastantes estaciones en las que se detiene: Sojo, Miraflores, Viviate, la Huaca y el Arenal, antes de llegar a Paita; y en todas esas estaciones suben carga o enganchan vagones, sin contar que tiene paradas en Colán, Macacará, Jíbito, Capilla, Nomara y Curumuy.

—Caramba, doña Gertru, usted sabe tanto como si trabajara en el tren.

—Es por los muchos y repetidos viajes que he hecho, muchacho.

—¿Y cómo lo voy a hacer?

—Ándate en camión.

—¿En camión?

—Anda al almacén de don Calixto, en la calle Perú, al final casi. Ahí vas a encontrar camiones que salen al puerto.

—¿Pero, me van a querer llevar?

—Sí. Si te apresuras. Acabo de llegar de ahí y está por salir don Jaime Mosquera. Es muy buena gente. Dile que vas de mi parte. Ahora vete.

A Federico le salieron alas en los pies. Al llegar al almacén había varios camiones efectivamente, algunos estaban cargados con fardos que parecían pacas de algodón y otros con cajas de madera. Preguntó por don Jaime Mosquera. Le señalaron a un mulato como de un metro setenta de altura, de porte atlético y poseedor de un grueso, negro y áspero bigote.

—Don Jaime —le habló Federico como preguntando y saludando al mismo tiempo.

—¿Te conozco? —le dijo Mosquera con cara de pocos amigos.

—Vengo de parte de doña Gertrudis, para que me lleve a Paita.

—Ah, de doña Gertru y ¿qué vas a hacer a Paita, tú?

—Tengo que hablar con Mauricio, el hijo de doña Gertru.

—Sí. Sí lo conozco a Mauricio. Bueno, si doña Gertrudis lo dice, no es problema. Anda sube al camión que está allá. El Ford negro.

Llegó a Paita al atardecer ya anocheciendo. Se dirigió al muelle. Pensó que había perdido la oportunidad. Mauricio le había dicho que recién se iría mañana. Les suplicó a los guardias, diciéndoles que tenía urgencia de entregar un recado al tripulante Mauricio Peña, de parte de su madre. Era muy urgente. Accedieron.

—Jorge, acompáñalo, fíjate que se entreviste con quien dice —ordenó el que al parecer era el jefe del servicio.

A Mauricio, desde el muelle, le pareció ver a su amigo Federico con un guardia del puerto. Salió a su encuentro.

—¿Qué pasa, Federico?

—Nada, te traigo un encargo de tu mamá —dijo y le hizo una señal con los ojos, sobre la presencia del guardia.

—Me tiene que dar un recado de mi madre, ¿se puede quedar un rato si yo me encargo? —le dijo Mauricio al guardia.

—Está bien. Pero tú respondes por él.

—Gracias Jorge, te debo una.

Cuando el guardia se hubo alejado, Federico con los ojos brillantes de la emoción le dijo su propósito.

—Me voy contigo.

—Cómo que te vas conmigo.

—Me voy contigo en el barco. Tú me dijiste que me podía embarcar.

—Cuándo tengas mínimo dieciséis años y tú no los tienes.

—Pero los tendré.

—Claro que los tendrás, pero hoy no los tienes. Y tú te quieres embarcar hoy.

—Pero nadie tiene que saberlo, parezco de dieciséis.

—Cómo que nadie tiene que saberlo ¡Se necesitan documentos! ¡Tarjeta de embarque! No sé cómo te han dejado pasar. Sin documentos no pasas de la puerta. El capitán no te aceptará sin documentos.

—¿Y si me escondo? Una vez en el mar qué puede hacer.

—Me sancionarán, si saben que yo te hice embarcar. Es posible que ya no me dejen como tripulante.

—¡Uf! Disculpa amigo. Creo que la malogré. No pensé que te metería en tantos problemas. Ya no te preocupes. Tendré que pensar en otra cosa.

—¿En otra cosa para qué?

—¡Ah! No te había contado. Me han expulsado del colegio por tirarle un tintero al cura Indalecio.

—Ja, ja. No me digas. Cura abusivo. ¿Dónde le pegaste?

—No le di. El tintero se estrelló en la pizarra, pero salpicó tinta por todas partes, creo que se le manchó el registro. Lo hubieras visto como gritaba el desgraciado cuando me acerqué a él para ir a la puerta. Pensaba que le iba a pegar, había sido un gran cobarde.

—¡Cómo no estuve ahí! ¿Sabes?, solo por eso haré el intento de que te embarques. Hablaré con mi tío. Salimos hoy en la noche.

Mauricio se dirigió al barco, caminando por el muelle y al otro extremo se detuvo a conversar con alguien, al parecer el tío. Han conversado como cinco minutos, lo que para Federico no era muy esperanzador. Al parecer el tío se oponía. Federico cruzaba los dedos y se encomendaba a San Martín de Porres y a Santa Rosa de Lima.

No perdía de vista a Mauricio que ahora retornaba, trataba de adivinar la respuesta por su semblante. A veces le parecía que la respuesta era positiva y en otras que era negativa.

—¿Qué dice el hombre? —le gritó antes de que llegue a su lado.

Estaba impaciente. Mauricio no contestó nada hasta que llegó:

—El hombre dice que como no tienes papeles, te puede llevar un solo viaje, que cuando volvamos, como en tres meses, los conseguirás, él tiene un amigo en Piura que te puede ayudar en ese propósito.

—En dos meses ya cumplo dieciséis.

—Entonces ya no habrá problema, respecto a eso.

—¡Magnífico! ¿Ya me puedo embarcar?

—No. Todavía, dentro de un rato, que oscurezca primero, mientras tanto ayúdame con las provisiones que están allá. Te quedarás cuidándolas mientras busco un medio para acercarlas al embarcadero.

5

EL BARCO MARGARITA

Más tarde, ya de noche, Federico se embarcó en el barco Margarita, junto con las provisiones.

—No deberás salir de la cocina para nada y no te dejarás ver por el capitán ni mucho menos por Eliseo.

—¿Quién es Eliseo?

—Eliseo, es el chismoso del barco. Si te ve, irá corriendo a avisarle al capitán y este se verá obligado a desembarcarte en el próximo puerto y entregarte a las autoridades; si estas no te quieren recibir, te pondrá bajo arresto y te devolverá al puerto de origen. Te lo cuento porque ya pasó una vez.

—Ya entiendo. No te preocupes. Me quedaré en la cocina todo el tiempo —prometió Federico.

—Todo el tiempo, no. Hoy, más tarde te llevaremos a mi camarote y allí permanecerás hasta tu desembarco.

Nunca le quedó claro a Federico si el capitán sabía de su embarque. Aunque le parecía que sí y se hacía el que lo ignoraba, con la finalidad de ayudarlos. El movimiento del barco le sentó muy mal al inicio, con mareos y vomito, que pensó desembarcar en el próximo puerto en el que atracasen.

La primera escala fue en Guayaquil. Mauricio le informó a Federico que estaban ingresando al puerto, que estarán un día descargando y cargando.

—¿Cómo te sientes?

—Mejor. Ya no vomito, porque ya no tengo nada en el estómago —contestó Federico, aun con los estragos del mareo.

—Tengo una duda. ¿Te has embarcado para convertirte en tripulante o es que piensas desembarcar en algún lugar y buscarte la vida para no volver a tu casa?

—La verdad, mi primer objetivo fue desembarcar en algún puerto y no volver jamás, luego lo he pensado y creo que extrañaré demasiado a mi tierra, mis campos, mis vacas, mi familia, mis amigos y he creído que tal vez una buena opción sería seguir tus pasos y convertirme en tripulante. Sin embargo, me he visto precisado a repensarlo y creo ahora, que eso significaría regresar en algún momento al puerto de Paita y podrían detenerme y meterte a ti en problemas, al mismo tiempo. Entonces, lo mejor es quedarme en algún puerto. Si ustedes fueran preguntados, dirán que no me han visto.

—¿Y qué te parece Guayaquil? Estarías cerca y puedes regresarte por tierra, si no te va bien.

—Demasiado cerca, quiero más tierra o mar de por medio.

—En ese caso avanzaremos más al norte —sentenció Mauricio.

La siguiente escala fue Panamá.

Mauricio se acercó a Federico que miraba unas luces lejanas, en tierra, a través del ojo de buey de su camarote. Del camarote de Mauricio en realidad. Como en Guayaquil, acá tampoco debía subir a la cubierta, porque si lo vieran, dejarían de hacerse los ciegos y lo desembarcarían, porque esa era la ley para los polizones.

—Hemos llegado a Panamá. No te pregunto si te quieres desembarcar aquí, porque no te lo aconsejo. Tengo información que sería muy difícil obtener trabajo, además hace unos meses han sufrido un terremoto.

—Entonces ¡Más al norte! —dijo Federico golpeándose los talones como en posición de firmes y señalando con el brazo extendido a cualquier parte.

6

EL PERDIDO

La hora del almuerzo en la casa de Ángela era religiosamente respetada. A las doce horas y cuarenta y cinco minutos, todos los comensales deberían estar sentados alrededor de la gran mesa del comedor. Federico que salía de la escuela a las doce, tenía el tiempo suficiente para asearse y presentarse a almorzar limpio, seco y peinado, lo que había cumplido siempre, con excepción de la vez en que se quedó «arrestado» en el salón, por no delatar a su compañero de carpeta. Por eso, esta segunda ausencia no le preocupaba mucho a su tía, al pensar que se trataría de otro «arresto».

Lo que sí le molestaba era no poder presentarlo en la mesa a su tío Bernardo que había venido desde Cherrelique trayendo unas vacas para el camal, porque seguramente el padre de Federico esperaría noticias de su hijo a través de su primo hospedado en su casa. Ángela y Bernardo, a pesar de no estar en el mismo nivel genealógico, eran más o menos contemporáneos, por eso se trataban de primos.

Bernardo llegó a almorzar, a la hora establecida por Ángela. Conocía las costumbres de la casa a fuerza de hospedarse en ella cada vez que venía a Sullana por negocios relacionados con la venta de ganado y compra de herramientas y otros.

Al tío le extrañó que esté vacío el lugar donde había visto que se sentaba el niño, pero no dijo nada. Era enemigo de preguntar lo obvio si es que no se lo contaban libremente.

—A Federiquito parece que lo han arrestado en la escuela, porque no ha venido —Dijo Ángela para explicar la silla vacía.

—¿Has preguntado en la escuela?

—No. Esperaré a la tarde. Si no llega iré a preguntar.

—¿Y a quién le vas a preguntar en la tarde?, lo más seguro es que cuando llegues ya no haya nadie en la escuela.

—No había pensado en eso. A esa hora ya no habrá nadie tampoco, es verdad.

—Si quieres, te acompaño.

En la escuela, el portero les dijo que Federico había salido a media mañana, diciendo que iba por un encargo para un profesor y no había vuelto y si querían saber más, que pasaran a hablar con el director. Así lo hicieron.

—Ha habido un incidente de indisciplina, que compromete a su sobrino —les dijo el director muy serio.

—¿Qué tipo de incidente? —preguntó Ángela.

—Grave, señora. Le ha lanzado un tintero a un profesor. Por eso se ha fugado de la escuela.

—¿Se ha fugado, dice usted? —pregunta extrañada Ángela, porque eso no estaba dentro de sus suposiciones.

—Así es doña Ángela y si no ha llegado a su casa, será porque estará recapacitando en lo que ha hecho y seguramente lo hará más tarde.

—¿Y qué le va a pasar, ahora, aquí en la escuela?

—Lo de rutina doña Ángela. Se reunirá el Comité de disciplina para decidir si se le suspende, previas disculpas al profesor, o se le expulsa.

—¿Sin escucharlo? —preguntó Bernardo.

—No hay necesidad. Todo el salón ha visto lo que ha pasado.

—Aun así. Debe haber una razón, a no ser que se haya vuelto loco —insistió Bernardo.

—La escuela tiene sus reglas —dijo el director para terminar la conversación.

—Entiendo —terminó Bernardo.

Ya afuera de la escuela, se preguntaban Bernardo y Ángela, qué tendrían que hacer.

—Deberíamos hablar con sus compañeros para saber si saben dónde se encuentra, o que le digan que regrese a la casa, que no lo vas a castigar —Aconsejó Bernardo.

—Tendríamos que volver a hablar con el director ese.

—No hay otra opción.

El director les dijo que antes de que se vayan los niños, les hablarían como lo estaban solicitando.

Como el viaje de retorno de Bernardo sería recién al día siguiente, Ángela supuso que tendría tiempo suficiente para que le pasara vista a Federico, como le gustaría a su tío Basilio que lo hiciera.

Transcurrió la tarde y llegó la noche; y el muchacho no apareció. Sufría al pensar el sufrimiento de su primito durmiendo a la intemperie y expuesto al maltrato de gente mala que no falta.

—Pobre niño. Estará asustado y con frío —le decía a Bernardo al borde del llanto.

Luego su conmiseración se transformaba en rabia.

—Me va a escuchar, muchacho malcriado. La culpa es de mi tía, que lo ha consentido demasiado.

Ángela, no durmió esa noche. Esperaba que en cualquier momento llamaría a la puerta Federico.

Dieron las seis de la mañana y no había regresado. Supo la hora por el canto de los chilalos que vivían en el algarrobo que había en el corral de atrás. No fallaban.

Tendría que avisarle a su padre si no aparecía hoy. No vaya a ser cosa que le haya sucedido algo.

—La maldad de la gente no tiene límite —se dijo.

Bernardo había tenido que ir temprano al camal. Por eso Ángela, fue sola a la comisaría, tal vez estaba detenido o algo. Le recomendaron que también busque el en el hospital.

—¿El hospital?

—Sí, señora, puede haber sufrido algún accidente.

—No había pensado ir al hospital. De cualquier manera, les hago la *recomienda*. Si saben algo, esta es mi dirección —le entregó a un policía un papelito donde había escrito la dirección de su casa.

Se fue al hospital.

—Vamos a ver. ¿Cómo apellida?

—Escobar, con be grande.

—Veamos … Escobar, Escobar. No está ¿Cuándo dice que lo han internado?

—No lo han internado.

—Entonces señora, ¿para qué me hace perder el tiempo?

—¡Qué perder el tiempo! Si no hace nada.

Alguien le dijo que busque en emergencia. Que los que ingresaban por allá, no estaban en este listado, acá solo están los internados. Que ya contaban con una cama y habitación asignadas.

En emergencia tampoco estaba.

—Tendré que avisarle a su padre —se dijo Ángela—, es una suerte que Bernardo esté en Sullana.

Bernardo se fue al día siguiente, por el camino de siempre en su mula y con su gente, con sus compras y el producto de la venta. Las cabalgaduras eran aún el único medio de transporte para ellos, aun cuando ya existían algunos automóviles y camiones, las carreteras aún eran caminos para carretas; y recién se estaba asfaltando la carretera a Talara, como parte de la longitudinal de la costa o como se llamó después Panamericana; por otro lado, el puente sobre el río Chira recién se inauguraría en el año treinta y siete.

Ángela le entregó la carta para su tío Basilio dándole cuenta de la desaparición de Federico. Le rogó para que la entregue personalmente y le explique lo que había visto.

La carta le llegó a don Basilio, cuatro días dcspués.

—¿Ya habrá aparecido el muchacho? —se interrogó en voz alta.

—¿Y si no ha aparecido? —le contestó su mujer, doña Mariana.

—¿Y si no ha aparecido?, ¿qué debo hacer?

—Creo que tienes que viajar.

Don Basilio, con sus más de sesenta y cinco años, hizo el largo viaje de más de cien kilómetros desde su hacienda hasta Sullana.

Encontró a Ángela muy preocupada por lo que pudiera haberle pasado al muchacho y por lo que diría el tío Basilio.

—No te preocupes Ángela. Por algún lugar debe estar —la tranquilizó.

—Eso pensé al comienzo, pero ya van varios días. He ido a la policía, al hospital, le he preguntado a sus amigos y nadie da razón.

—Ya has hecho todo lo posible, sobrina. Has buscado en todos los sitios. Al parecer acá ya no hay más qué hacer. Me iré a Amotape y a Máncora, es posible que haya ido para allá donde tenemos familia. De allí me devuelvo a mi casa y a esperar que sea lo que Dios ha dispuesto.

Don Basilio, hizo lo que dijo, sin resultado; y sin noticias de Federico regresó a su casa. Le preocupaba cómo decirle a su mujer que no lo había encontrado.

—¿Estará muerto? —doña Mariana resumió así todas las preocupaciones.

—No, mujer. Solo está perdido —de esta manera resumió don Basilio todas las esperanzas.

7

SEATTLE O VANCOUVER

El barco no haría más escalas hasta Seattle en los Estados Unidos y Vancouver en Canadá.

—Si ya estás decidido a desembarcar en algún puerto, creo que esta es tu mejor oportunidad —le dijo Mauricio a Federico, cuando se aproximaban al puerto de Seattle en el Estado de Washington, en Estados Unidos de América.

—¿En el próximo puerto?

—Sí, en este al que vamos a entrar, creo que ya te dije que se llama Seattle y pertenece al Estado de Washington en Estados Unidos. O si quieres, también puedes quedarte en el que sigue, en Canadá, llamado Vancouver.

—¿Aquí es Washington, la capital de Estados Unidos?

—No. La capital es Washington D. C. Yo también me confundí la primera vez.

—Aquí en este puerto, entonces se habla inglés, ¿y en el otro?

—También, inglés. Eso puede ser un problema. Pero tengo entendido que en Canadá es más fácil recibir ayuda.

—¿Quién ayudaría a un muchacho de dieciséis años que no sabe hablar el idioma?

—De quince.

—Y muerto de frío. ¿En tierra hace tanto frío como aquí?, te confieso que nunca pensé que podría hacer tanto frío en algún lugar de la tierra.

—En el polo hace más.

—En el polo.

—Estamos cerca.

—Creo que este frío me va a matar. Mira como estoy, lleno de frazadas y sigo teniendo frío.

—Entonces, te acobardas. Al regreso te puedes quedar en Panamá o en Guayaquil. En estos sitios al menos no tendrás el problema del frío y del idioma.

—Creo que me arriesgaré. Así la próxima vez que nos veamos no me vas a entender cuando te hable en inglés *huachu huachu hua.*

—Eso será chino, ¡inglés ni de a vainas!

—¿Cuál de los dos puertos me recomiendas?

—¡Ahora que recuerdo! ¡Tu situación puede mejorar en Vancouver! Lo pensé cuando salimos de Paita, luego se me pasó. Aquí en el barco viaja un canadiense, un ingeniero petrolero. Es conocido de mi tío y parece que le debe algunos favores. Hablaré con mi tío para ver si te puede ayudar, aunque sea al comienzo. Eso inclina definitivamente la balanza a favor de Canadá.

—Sí, claro, eso estaría muy bien. Ayuda solo para el comienzo —Federico se entusiasma—. Todo parece resuelto.

—No tan rápido, mi querido amigo, primero hay que llegar a Vancouver y luego ver cómo desembarcas. No puedes salir por la puerta así nomás. Ni siquiera tienes documentos de ningún tipo. Ni abrigo. ¿No pensarás ir por las calles cubierto de frazadas?

—¿Y cómo lo haré? —Federico volvió a poner su rostro de preocupación.

—No te preocupes demasiado. Hablaré también sobre esto con mi tío. Es un hombre de muchos recursos y pienso que ya tiene una solución, porque ya sabe que te quedas en Vancouver. Porque yo se lo dije, ya que siempre supuse que este era tu destino, amigo.

—Ah, o sea que me has estado probando toda vez que nos acercábamos a un puerto.

—Yo siempre preocupado por que tengas lo mejor, Ja, ja.

—Entonces ya está hecho.

—Ten calma, según tengo entendido permaneceremos en aquel puerto cerca de una semana. Hay que determinar en cuál día desembarcas. Voy a hablar con mi tío en este mismo momento, antes de que empiecen las operaciones de atraque. Tú mientras tanto, quédate en el camarote y espera; ¡Y que no te vea Eliseo!

—¡Qué! ¿Todavía?

—¿Quieres bajar como preso o como hombre libre?

—Como hombre libre, pues amigo.

—Entonces que no te vea Eliseo.

Mauricio se fue en busca de su tío, para saber lo que había planeado y si podía hablar también con el ingeniero.

—Ya no se preocupen, me he adelantado, por eso tengo más años que ustedes. He hablado con el ingeniero. Richmond se apellida. Ha aceptado ayudar a tu amigo —le dijo el tío al preocupado Mauricio.

—¿Y cómo desembarcará, tío?

—Ya lo tengo casi resuelto, también. Solo falta contactar con las personas que trabajan en el puerto cuando lleguemos, pero para eso tendremos varios días. Dile a tu amigo que no se preocupe, que yo me encargo y tú tampoco te preocupes.

Mauricio se reunió con Federico en su camarote y lo puso al tanto de lo que decía su tío.

Dos días después de que atracaron en el puerto de Vancouver y durante la estiba del barco, el tío le dijo a Mauricio, que ya era tiempo, que esa tarde desembarcaría su amigo.

—Tienes que proporcionarle algo de dinero y que se cambie de ropa.

—¿Ropa?

—Ropa. No pretenderás que camine el ingeniero con un mugroso muchacho, eso levantaría sospechas. Y abrígalo, debe estar que se orina de frío.

—Abrigo, camisa o camiseta puedo darle, pero pantalón no creo que le vaya a quedar bien. Se le verá como pasa río, es muy alto el muchacho, tío.

—Tienes razón. Buscaré un pantalón que le quede más o menos, porque es alto pero flaco. Tú dale uno de paño, para que se lo ponga por dentro.

Horas después el tío, Federico y Mauricio se reunieron rápidamente en el camarote.

—Bien muchacho, ha llegado el momento. Te deseo suerte. Has lo que te aconseje el ingeniero, es una buena persona. Adiós —lo abrazó y Federico sintió ganas de llorar emocionado, pero se repuso rápidamente.

—Gracias tío de Mauricio.

—Ja, ja. No juegues muchacho, mi nombre es Alberto Peña. Que te vaya bien. Ah, ahí te he conseguido un pantalón del tripulante más flaco y alto del barco, espero que no reconozca su prenda hasta que desembarques.

—Muchas gracias don Alberto.

—Ah, otra cosa: tienen quince minutos para estar listos. Los espero arriba.

Rápidamente, los muchachos comenzaron la transformación de Federico, con ropa limpia y bien lavado.

—Me siento raro con tanta ropa —dijo Federico riendo.

—Si quieres ándate en camisa y no llegarás a la salida porque te quedarás congelado pegado al piso.

—El abrigo está bien, Je, je.

Cuando se reunieron con el tío, este le dio una caja de madera para que la cargue y empezaron el descenso por la escalinata y después de cuatro escalones Federico se detuvo.

—Espéreme un momentito —le dijo a don Alberto y regresó hasta donde había quedado Mauricio.

—Tengo que preguntarte algo que me tiene intranquilo.

—Creí que te habías desanimado —dijo Mauricio sin cambiar su cara de preocupación.

—No. Nada de eso. Quiero saber si lo de Eliseo es verdad o me has venido tomando el pelo todo el tiempo.

—Ja, ja, eso jamás lo sabrás. Ahora ya vete que estás haciendo esperar a mi tío.

Abajo se entrevistaron con una persona con uniforme de estibador y Federico cargando siempre la caja se fue con él.

—Él es Jeremías, un amigo ecuatoriano que lo sacará del puerto en un camión. Ya descansa sobrino, lo has hecho bien. Te has ganado un lugarcito en el cielo.

—Tú también, tío.

8

VANCOUVER

El ingeniero canadiense, esperaba a Federico en un restaurante, hasta donde lo hizo llevar Jeremías, con lo que cumplía la promesa hecha a Peña. El ingeniero se llamaba Alfred Richmond y tenía a sus padres viviendo en el Valle del Fraser, este ingeniero era un conocido del tío de Mauricio a quien le prometió ayudar a Federico.

—Tú eres Federico, ¿verdad? —dijo el ingeniero Richmond, con un español bastante bueno, aunque con el típico acento inglés.

—Sí. Gracias por ayudarme.

—Alberto es mi amigo y me ha hecho muchos favores en la comunicación con mis padres. Llevando y trayendo encargos. Jeremías el que te ha enviado hasta aquí también es mi amigo. Es lo que llamaríamos el enlace entre mis padres y Peña.

—Les estoy muy agradecido. Ojalá algún día pueda hacer algo por todos —dijo Federico conmovido por las molestias que tantas personas se estaban tomando para ayudarlo.

—El mejor agradecimiento será que te logres conducir como un hombre de bien en esta nueva aventura que te tocará vivir.

—No me cansaré de agradecerles siempre.

—Está bien, Federico. Como sabes yo ya no vivo mucho tiempo por aquí, pero conozco a personas que te pueden ayudar, sin embargo, me preocupa el hecho de que eres muy joven, no cumples ni los dieciséis años. Por eso he pensado que vayas conmigo hasta Pitt Meadows en el Valle del Fraser para que les ayudes a mis padres, si estás de acuerdo desde luego.

—Lo que usted diga, ingeniero.

—Por favor, llámame, Alfred.

—Está bien señor Alfred

—Ja, ja. Está bien. Que sea señor Alfred. Entonces, ¿estás de acuerdo?

—Sí. Estoy de acuerdo.

—Ok. Ahora viajaremos a la casa de mis padres, a una hora más o menos de viaje. Regresaremos al puerto dentro de una semana, cuando tu barco haya partido.

—¿Mi barco?

—Sí. Porque informaremos a las autoridades que eres tripulante y has perdido tu barco. Que necesitas ayuda hasta que vuelva y te reembarques. Yo diré que te conozco de Paita, en el Perú y te ayudaré, alojándote en mi casa mientras tanto.

—¿Y lo creerán? —Federico se mostraba incrédulo, que pueda ser tan fácil quedarse a vivir en ese país.

—Lo creerán, es gente razonable y además conozco a alguien allí también.

—Caramba, usted conoce a muchas personas.

—Es por mis viajes y por pura coincidencia, que juega a tu favor. Lo que te hace un hombre verdaderamente afortunado.

9

LOS RICHMOND

Ese mismo día partieron y llegaron a Pitt Meadows en el Valle del río Fraser. Alfred presentó a su padre que también se llamaba Alfred y a su madre Mary.

La presentación no la entendió Federico porque la hizo en inglés, pero por los ademanes supo que se estaba refiriendo bien de él.

—Papá, mamá, la providencia ha querido que me cruce con este muchacho. Él necesita ayuda y nosotros necesitamos ayuda. Así que nos complementaremos. Les ayudará con la granja.

—Pero yo aún puedo con todo lo que se necesita y con la ayuda de tu madre, los Taylor y lo dos peones.

—Si, pero una ayuda permanente, será mucho mejor.

—Si así lo crees, no tengo inconveniente. No sé si tu madre.

—No, yo tampoco. Ayuda extra no está de más.

—¿Y cuánto nos va a costar? —quiso saber el señor Alfred.

—¡Uy! Caramba, no hemos hablado de eso. De todos modos, no será mucho, porque tendrá un techo, comida y el aprendizaje del idioma. Hablaré con el muchacho — al decir esto miró a Federico.

El muchacho pensó que algo andaba mal, porque las risas iniciales del encuentro habían desaparecido y ahora el ingeniero lo miraba serio.

—¿Algún problema ingeniero? ¿No me quieren?

—¡Noo! Nada de eso, al contrario, están de acuerdo. Si no que no habíamos hablado de tu sueldo.

—Ah. Era eso ¿Qué les ha dicho usted?

—Que te preguntaría.

—¿Y yo qué le voy a decir? Usted decida.

—Entonces no hay problema —ahora se dirigió a sus padres—. *No problem* —les dijo.

—Hay que ver dónde dormirá esta noche — dijo Mrs. Richmond.

—¿Y el cuarto de visitas? —preguntó el hijo.

—Ahí está, pero no se ha limpiado últimamente, debe estar muy lleno de polvo.

—Entonces le armaré una cama en mi cuarto. ¿Está bien?

—Sí, claro. Tu cuarto está limpio y ordenado.

Desde que Federico había bajado del barco se sentía mareado, como si su cuerpo extrañara el movimiento. Al acostarse sintió que la cabeza le daba vueltas y para evitarlo debía tener los ojos abiertos y fijos en el techo. Su compañero de cuarto dormía placenteramente. Se quedó dormido al fin pasada la medianoche. Antes de que amanezca escuchó ruidos en la casa. «Ya se están levantando» pensó. No sabía qué hacer, si levantarse a ayudar en algo o permanecer acostado como el ingeniero. Se sentó en el borde de la cama. Albert despertó y lo observó.

—¿Ya te vas a levantar? —le dijo.

—Sí. Si es que tengo que ayudar.

—Espera un momento, no les vas a entender ni ellos a ti. Espera que me levante para hacerte conocer el lugar.

Ese día, después del desayuno, el ingeniero Alfred le enseñó a Federico toda la propiedad y le describió las tareas en general y las que le tocarían probablemente, porque la última palabra la tendría su padre. La mayor parte del terreno se empleaba para cultivar pasto para alimentar unas ochenta vacas lecheras. Contaban con dos peones para las tareas más fuertes y una pareja de esposos, los Taylor que les ayudaban al ordeño, que preferían hacerlo manualmente, porque sostenían que los ordeñadores mecánicos que poseían malograban las ubres de las vacas. Los dueños mismos participaban en el ordeño. La leche producida era recolectada por una cisterna que la llevaba a la planta de procesamiento donde la convertían en varios productos o la trataban para ser consumida como leche fresca.

—¿Qué te ha parecido? —le dijo el ingeniero al finalizar el recorrido.

—Me parece muy bonito y ordenado, además tienen bastante pasto, que el ganado lo come directamente. Se parece mucho al lugar de donde yo vengo, con la diferencia que aquí hay bastante agua y todo es verde.

—Si, allá en tu tierra, hay poca agua, ¿cómo se dedican a la ganadería? Debe ser más difícil que acá.

—Así es, usted conoce la zona.

—Sí, es bastante seca, aunque en verano suele ser lluviosa. Me imagino que provienes de la zona montañosa.

—Sí. En el invierno, como llamamos al verano lluvioso, los campos se vuelven muy verdes y el pasto silvestre debe durar hasta el año siguiente.

El ganado para que se desarrolle debe saber comer yerba seca o flores y semillas en la época de ausencia de lluvias.

—Bueno, las estaciones acá son parecidas a las de ustedes, pero a la inversa, allá todo el año parece verano, con pocos meses fríos, que para nosotros serían calientes; mientras que acá casi todo el año parece invierno, con pocos meses calientes, que para ustedes serían fríos. Ustedes tienen escasez de agua, nosotros abundancia, aun cuando no llueva, porque los deshielos aumentan el caudal de los ríos que hasta pueden causar inundaciones.

Ahora hablemos de tu sueldo. Vivirás en la casa o si lo prefieres, en una casita que está allá cerca del granero, tiene dos piezas, una sirve de dormitorio y la otra más grande para usos múltiples, incluida cocina si quieres, aunque yo prefiero que tomes tus alimentos con mis padres, a ellos les encantará.

—Está bien. Me sentiré mejor en la casita. En cuanto al sueldo, usted vea.

—Te propongo medio sueldo del que reciben los peones.

—De acuerdo.

Al día siguiente, Federico empezó a trabajar con Mr. Richmond y a aprender sus tareas.

Demostró gran habilidad en el ordeño y en otras cosas que dejó encantados a sus nuevos patrones.

A la semana, como había dicho Alfred, volvieron al puerto y pasaron por la agencia de inmigraciones para poner en conocimiento de que Federico era un marinero que había perdido su barco y sus documentos de embarque; y pedía que autoricen su permanencia hasta que regrese su embarcación dentro tres meses aproximadamente y mientras tanto el ingeniero Alfred Richmond se comprometía a alojarlo con la autorización de la agencia. La propuesta fue aceptada.

Luego tramitarían documentos de residencia que le permitió quedarse en la zona agrícola de Columbia Británica.

10

EMILY

Emily Carradine nació el veinticinco de febrero de mil novecientos veintiuno en Vancouver, Columbia Británica. Su padre Frank, falleció cuando era muy niña, por ese motivo los recuerdos que tenía de él eran muy borrosos. Su madre, Rose, trabajaba para la familia Bronsted, de ama de llaves en la casa familiar, donde siempre fueron acogidas y tratadas como parte de ella. Emily, compartía espacios con Andrew y Virginia Bronsted, hijos de los dueños de la casa. La propiedad estaba ubicada también en el valle del Fraser y era vecina de la granja de los Richmond.

Los Bronsted y los Richmond se conocían desde hacía mucho tiempo, más de treinta años, cuando se establecieron en la zona, para dedicarse a la crianza de ganado productor de leche y carne. Los unía una amistad no muy profunda pero la suficiente para visitarse en los cumpleaños. Las familias compartían la actividad económica de la producción y venta de leche de vaca, que vendían a una envasadora de Vancouver. El negocio de los Bronsted no era muy grande pero lo suficiente para mantener a toda la familia incluidas Rose y Emily Carradine.

11

FEDERICO Y EMILY

Cuando Emily cumplió los dieciséis años, en febrero, los Bronsted le organizaron una pequeña cena para ella y sus amigas. Invitaron también a sus vecinos los Richmond y estos invitaron a Federico.

Emily ya había escuchado a su madre decir que los Richmond habían contratado, con alojamiento incluido, a un muchacho sudamericano muy guapo y trabajador, por lo que sentía cierta curiosidad cuando vio llegar a los Richmond. Pero su curiosidad se trocó en decepción. No simpatizaron a primera vista. A Emily no le gustaba que sea tan alto y que no hable ni entendiera lo que se le decía. Parecía tonto. Le explicaron que, al no ser canadiense de nacimiento, no había aprendido a hablar inglés desde niño y en dos meses no había aprendido mucho, a pesar de que parecía tener oído para los idiomas.

El hecho de que las familias fueran cercanas hizo que los jóvenes, aunque no se lo propusieran, se vean con frecuencia, especialmente los domingos en la iglesia. Poco a poco, Emily mejoró la opinión que tenía sobre Federico y llegaron a convertirse en amigos. Ella terminó siendo la profesora privada de inglés. La amistad de la joven le vino muy bien al muchacho. Esperaba con ansias los fines de semana, especialmente el domingo, para ver y hablar con Emily, ya sea en la iglesia o en alguna fiestecilla del lugar.

Cuando Federico cumplió los diecisiete años, en enero del treinta y ocho, un mes antes de que la joven cumpliera la misma edad, ya eran grandes amigos.

En el verano de ese mismo año, en una fiesta del pueblo donde los señores exhibían sus mejores ejemplares vacunos y las señoras sus cualidades domésticas, Federico tuvo la oportunidad de abrir su corazón a Emily.

—Emily, hace tiempo que quiero hablarte —empezó Federico muy nervioso.

—¿No es eso, lo que hacemos siempre?

—Es que mi inglés no es muy bueno —dijo Federico avergonzado—, tal vez no me he podido expresar bien.

—Oh, disculpa amigo, era una broma, pero ya veo que no estás para eso. Te escucho.

—Emily —dijo el muchacho, volviendo a iniciar la conversación.

Dudó si continuar o cambiar de tema, temía una respuesta negativa a su propuesta que tenía en mente.

—¡Federico! —dijo ella, parándose frente a él mirándolo a los ojos, en una actitud de seriedad fingida.

—No me estás ayudando —dijo Federico Sonriendo.

—Es que ya sé lo que me vas a decir, tontito.

—¿Cómo puedes saber lo que te voy a decir?

—Es que soy mujer y, además, tengo mi sexto sentido muy desarrollado.

—No te entiendo.

—Mira. Hagamos una cosa. Si adivino lo que me quieres decir, me invitas un gran refresco.

—¿Y si no lo adivinas?

—Te doy un beso.

—Acepto —contestó rápidamente Federico, volviendo a sonreír.

—Pero, espera, espera un momento. Tengo que ver. No me interrumpas. Tengo que concentrarme —dijo Emily con seriedad fingida, con los dedos índice puestos en las sienes— ¡ya lo tengo: me amas!

Federico se quedó inmóvil, atontado, esbozando una leve sonrisa neutra, que podía significar cualquier cosa.

—¿Me equivoqué? ¡Habla!

—¡Nooo! ¡Claro que no! Claro que no —hablaba y reía. Era el hombre más feliz.

—No me equivoqué. Te lo dije. Ahora señor, ¡vamos por esos refrescos! —Emily echó a andar con pasos largos balanceándose como ganso.

—Un momento, no me has dicho si tú me quieres —le dijo Federico alcanzándola y tomándola de un brazo.

—No me lo has preguntado. Mi don adivinatorio no llega a tanto.

—Te lo pregunto.

—¿Me lo preguntas? ¿Quieres apostar otra vez?

—No. Sin apuestas ¿Me amas? —lo dijo rápido, como si en la espera se escondiera el peligro.

Emily no contestó de inmediato y Federico temía lo peor. La joven lo miró y una lágrima se deslizó muy rápida por su mejilla, luego se sonrió. A Federico le pareció que estaba teniendo una visión de la misma virgen. Pero la visión no disipaba el miedo que le estrujaba el alma.

—Sí. Te amo, Federico —dijo Emily muy despacio y se abrazó al muchacho.

—¿Y las lágrimas?

—No me hagas caso. Soy una tonta —dijo Emily y agregó —. Es la felicidad, creo.

Este fue uno de esos momentos que Federico jamás olvidaría ni entendería, ¿por qué lloraría Emily?

Al año siguiente ya eran novios. Todo iba bien y parecía que el romance terminaría en matrimonio, si no hubiera sido por la guerra.

12

LA GUERRA

El destino de los jóvenes cambió radicalmente de un minuto a otro y por un solo golpe del destino. El primero de septiembre del año mil novecientos treinta y nueve, Alemania invadió Polonia; y como consecuencia de este acto, Gran Bretaña y Francia le declararon la guerra. Canadá hizo lo mismo el diez de ese mes.

Canadá no estaba preparada para la guerra, ni en material ni en personal. No tenía más de cinco mil hombres en servicio activo y cincuenta mil en la reserva. Los jóvenes Andrew, Virginia, Emily y Federico, conocían esta realidad, por haberla escuchado en los días previos, pues se consideraba que la guerra era inevitable.

El gran esfuerzo que significaría la movilización tuvo su explicación al final de la guerra, cuando se supo que setecientos treinta mil efectivos lograron movilizarse en el ejército, en la fuerza aérea doscientos sesenta mil y en la armada ciento quince mil; y casi la mitad de los miembros del ejército y las tres cuartas partes de la fuerza aérea abandonaron el país para ir a Europa, además de la actividad desplegada en los puertos del atlántico para abastecer a Inglaterra.

De ahí que, el reclutamiento se convirtió en una tarea de primera importancia. Los jóvenes sintieron que había llegado su hora de cumplir con la patria.

13

ALISTAMIENTO

Para hacer frente al nuevo escenario de guerra, se hizo un llamado general a inscribirse al servicio militar. Se decía en ese entonces que la movilización del ejército sería para defensa interna, dentro de las fronteras canadienses. No obstante, meses después se llamó a un plebiscito para consultar la participación de las fuerzas militares canadienses fuera de su territorio si fuera necesario. La consulta fue aprobada de manera general por todas las provincias, menos por Quebec.

La declaración de la guerra despertó el espíritu patriótico de los canadienses, por eso, al llamado para movilizarse acudieron a enrolarse de inmediato. También Federico y Emily, sintieron la necesidad de unirse.

—Creo que debemos alistarnos —le dijo Emily—. Y cuánto antes, mejor.

—A pesar de que soy consciente de que debemos alistarnos, tengo mis dudas de que me acepten, en mi condición de extranjero —le dijo Federico preocupado.

—No parece ser un inconveniente. Le comenté lo mismo a Mr. Bronsted y me dijo que si no provienes de un país que esté en guerra con Canadá, no hay problema, ¿tu país está en esa situación?

—No lo sé, aunque no lo creo. Somos también América igual que Canadá.

—Mr. Bronsted opina que Sudamérica, al igual que Estados Unidos se alinearán con la Gran Bretaña más temprano que tarde.

—Espero que tengas razón y no termine detenido y expulsado a mi país.

—No seas tonto. Al contrario. Si entras al ejército canadiense, te darán la nacionalidad. Es una oportunidad. Además, aseguran que nuestras fuerzas armadas son para defensa interna. Siendo así, nadie puede estar al margen.

—Vistas las cosas de esa manera, es lo que más me conviene, también desde el punto de vista personal.

—Claro, te imaginas desfilando lleno de medallas como veterano de guerra. De haber tenido el gran honor de defender a la patria —

mientras la joven habla, simula marchar haciendo el saludo militar a una tribuna.

—Ok. Me presentaré mañana mismo a la oficina de reclutamiento. ¿Y tú?

—He estado averiguando y todavía no existe una oficina de reclutamiento para mujeres, pero dicen que la abrirán pronto. Espero que cuando me aliste me envíen a una unidad cerca a la tuya.

—¿Y nuestro matrimonio, sigue en pie?

—Claro. Cuando acabe la guerra, que espero no dure mucho.

Ambos tenían dieciocho años cuando decidieron acudir al llamamiento de la patria.

Federico se Alistó en el ejército canadiense en el primer mes del llamamiento. Fue enviado a Ontario para recibir entrenamiento.

Si bien el llamado era para varones, las mujeres no quisieron quedarse esperando y se presentaron voluntarias, pero al no existir organismos oficiales, lo hicieron en organizaciones de apoyo, al margen de los registros oficiales de las fuerzas armadas, una de estas organizaciones ya venía funcionando desde el año anterior. Una organización que luego se llamaría Cuerpo de Servicio de Mujeres de la Columbia Británica, organizado por Joan B. Kennedy, donde capacitaban a las mujeres en roles como primeros auxilios, mecánica de motores y tareas administrativas militares.

Emily se alistó en una de las decenas de cuerpos de mujeres no oficiales, así como otros miles de mujeres en todo el país, bajo varias denominaciones. El grupo al que se unió Emily fue el de Joan Kennedy, en el que aprendió ejercicios de infantería en la armería de la milicia de Victoria. Al mismo tiempo se capacitaban, con sus propios recursos en cursos relacionados con el ejército como señales, alfabeto morse y lectura de mapas. A pesar de su disposición a soportar el esfuerzo de la guerra, no fueron admitidas oficialmente, no obstante, de que en Inglaterra la participación de la mujer ya era muy reconocida. Fue la escasez de mano de obra masculina, por la rápida expansión de las fuerzas armadas, y las primeras derrotas de los aliados que abrieron paulatinamente las puertas al patriotismo femenino. Al fin se pensó que las mujeres podrían reemplazar a los hombres en tareas que no sean de combate, desocupando a soldados para el frente. El resultado fue que el trece de agosto del cuarenta y uno, el gobierno autorizó la formación del Cuerpo del Ejército de Mujeres Canadienses. Emily fue una de las primeras en inscribirse y entrar formalmente al ejército canadiense, aunque se mantenían como cuerpo separado, sin mando unificado, ni sujetas a la disciplina militar. Aquí se formaron como choferas, cocineras, oficinistas, mecanógrafas, taquígrafas, telefonistas y otras funciones necesarias. Emily se capacitó como mecanógrafa y como tal fue incluida en los trabajos del ejército en Quebec, luego en Ottawa, alejándose de Vancouver a donde no volvería hasta el año cuarenta y seis. Se involucró cada vez más desde el trece de marzo del cuarenta y dos en que son integradas las mujeres del Cuerpo del Ejército de Mujeres Canadienses, al Ejército Canadiense y les asignaron insignias oficiales.

Emily empezó a lucir su insignia de gorra con sus tres hojas de arce unidas y las insignias en su cuello con la cabeza de Atenea, la diosa de la guerra, con casco.

14

EL PUERTO HALIFAX

Terminado el entrenamiento básico en ejercicios de infantería en Ontario, Federico fue enviado al puerto de Halifax, en Nueva Escocia, siempre en Canadá, por su experiencia como marino mercante, que era lo que había declarado. Fue destacado a la protección del puerto de donde salían las provisiones y pertrechos para Inglaterra.

Su cuartel había sido levantado dentro del puerto mismo. Lo habían fortificado con cañones y ametralladoras. En aguas abiertas patrullaban los barcos de la marina. También se mejoraron las defensas del Golfo y el río de San Lorenzo, lo que no impidió, no obstante, el ataque de submarinos alemanes el año cuarenta y dos, en la batalla llamada de San Lorenzo.

Cuando se produjo este ataque, ya Federico había sido trasladado al puerto de Vancouver.

15

EL CONVOY

Ante la urgencia de personal y de abastecer a la sacrificada Inglaterra, Federico fue destacado a un barco mercante bajo órdenes de la *Royal Canadian Navy* para protección de los convoyes que llevaban material de guerra hasta Londres o Liverpool, dentro de la participación canadiense en la contienda donde realizarían más de veinticinco mil viajes de escolta, con éxito; y trasladado cerca de ciento sesenta y cinto millones de toneladas de carga, en la llamada batalla del atlántico que duró desde mil novecientos treinta y nueve, hasta el final de la guerra.

De vuelta de su misión especial, retomó sus funciones en el puerto de Halifax, sano y salvo, de la peligrosa misión que, a la larga, en todo el periodo de la guerra, costó cincuenta y nueve buques mercantes y veinticuatro buques de guerra canadienses.

16

LOS DESTINOS DE EMILY

Emily y los Bronsted acordaron que mientras ella se presentaba como voluntaria, Virginia, la hija, permanecería en casa, en Pitt Meadows, como ayuda y sostén emocional, dado que Andrew, el hijo se presentaría también al llamamiento.

Emily se alistó en octubre del treinta y nueve, como le cuenta a Federico en una carta, enviada a la dirección de los Bronsted:

«Como ya sabes por mi carta anterior, que espero hayas recibido, me alisté en Vancouver en el *Royal Voluntary Service*. Su sede principal está en Victoria, aquí en Columbia Británica, adonde me trasladé para recibir instrucción para realizar varias tareas. Tenemos nuestros propios uniformes y participamos en ejercicios de marchas y algunas participamos en ejercicios con fusiles. Como se trata de un voluntariado, no recibimos dinero del Estado, nos sostenemos con aportes de particulares patriotas y con nuestros propios recursos. En esto agradezco a los Bronsted y a los Richmond, que me cuentan también están ayudando. ¿Qué sabes de Alfred, el peruano? Dicen que a los que viven en el extranjero les asignarán funciones de propaganda o de inteligencia. Te extraño mucho y para no sufrir tu ausencia, me mantengo ocupada todo el día a cada instante. Tuya, Emily.»

Habían convenido también que la casa de los Bronsted sería una especie de cuartel general de las comunicaciones de la familia. Las cartas de Emily para Federico llegarían a esta casa y de aquí le serían reenviadas, si no lo ubicaban, eran retornadas a la misma dirección y no se perdían, de igual manera con las cartas de Federico para Emily.

Luego del entrenamiento básico, tanto ocupacional como militar, en tareas requeridas para contribuir con el esfuerzo de guerra, muchas de las mujeres fueron asignadas a diferentes zonas como apoyo, algunas se alistaron en la Cruz Roja y viajaron a los diferentes hospitales del país. Emily le escribió a Federico:

«Hemos contribuido con dos dólares cada una de las voluntarias, para pagar los gastos de una representante, para que vaya a Ottawa y se oficialice nuestro servicio. Algunas se han alistado en la Cruz Roja, quieren entrar en acción pronto. Yo creo que a mí me envían a Quebec o a Ottawa, me he especializado en mecanografía y trámites de oficinas militares. ¿Y tú, cómo estás? ¿Me extrañas como yo a ti? Me cuentas que te han enviado a Ontario para completar tu entrenamiento y que pronto saldrá tu nacionalización. ¿Ya ves?, yo te lo dije. Siempre confía en mí como yo confío en ti. Tuya para siempre. Emily»

En junio del año cuarenta y uno, todos los grupos de mujeres voluntarias forman los *Canadian Women's Army Corps* y en agosto del mismo año, son oficializadas por el gobierno y reciben asignaciones de puestos dentro del ejército en actividades auxiliares, no de combate, pero aún eran cuerpo separado. Emily permaneció en Ottawa, en las oficinas del ejército.

El espaldarazo para los grupos de mujeres del ejército vino con la autorización para que sean incorporados al Ejército Canadiense, en marzo del año cuarenta y dos. Emily también le da cuenta a Federico:

«Amor mío, estoy feliz, ya pertenecemos oficialmente al Ejército Canadiense, ahora luzco un uniforme militar con insignias oficiales. Espero que esta carta no demore demasiado. Me emocioné mucho de saber que has participado en la protección de un convoy a Inglaterra, les conté a mis amigas. Te envían saludos. Mi héroe. Ahora te han trasladado a Vancouver. Míralo por el lado bueno, estarás cerca de los Richmond y mis cartas llegarán más seguras. Abrázame a los Bronsted. Dile a Virginia que está haciendo un gran trabajo con nuestras comunicaciones. Te amo hasta la muerte. Emily.»

17

INGLATERRA

Emily fue parte del primer contingente de trescientas cincuenta efectivas del Cuerpo del Ejército de Mujeres Canadienses que viajó a Gran Bretaña, en noviembre del año cuarenta y dos. Emily le escribió a Federico:

«Amor mío. Estoy emocionada y algo asustada, lo reconozco, porque me trasladan a Inglaterra, no sé todavía si a Londres. Hemos viajado hasta el Puerto de Halifax, donde estuviste destacado, he observado con emoción todos los lugares que tus ojos miraron. Tuya, siempre. Emily.»

Fue asignada a Londres para reemplazar a soldados oficinistas. Aunque hubo algunas mujeres de este cuerpo que asistieron al teatro de la guerra en Europa, aparte de Inglaterra; alrededor de ciento cincuenta en el noroeste europeo y como cuarenta en Italia; Emily no fue movilizada hasta la rendición alemana entre el siete y el ocho de mayo del cuarenta y cinco. Después de finalizada la guerra, Emily no fue devuelta inmediatamente a Canadá, sino que se trasladó a Alemania, para ayudar a organizar el regreso y como auxiliar y mecanógrafa con las tropas canadienses de ocupación.

Desde que Emily fue trasladada a Londres, Federico andaba desesperadamente pendiente de las noticias de la guerra donde participaban las fuerzas canadienses, especialmente si había participación de personal femenino.

Al enterarse del desembarco en Normandía del seis de junio del cuarenta y cuatro, temía que Emily, haya participado como parte del personal de enfermería en los barcos hospital, o desembarcando con las enfermeras de la Cruz Roja nueve días después. Él sabía que Emily, no estaba en ningún cuerpo de enfermería y que además no había mujeres combatientes en el ejército canadiense, pero conociendo a Emily, no sería descabellado pensar que haya abandonado su puesto de mecanógrafa para unirse a tareas más emocionantes y arriesgadas. A Federico le asustaba que Emily sea una de los cerca de cuarenta y dos mil canadienses que murieron o de los cincuenta y cinco mil que recibieron heridas en todo el periodo de la guerra.

18

VANCOUVER II

No duraría mucho tiempo Federico en el puerto de Halifax, después de la misión en el atlántico norte, en el traslado de carga a Inglaterra, porque pronto fue requerido en otro lugar como parte de las tropas encargadas de defender los puertos de Canadá. El puerto elegido esta vez fue Vancouver, tal vez por su conocimiento de la zona, o al menos eso supuso él. El alto mando consideró que, al entrar Japón a la guerra con el bombardeo de Pearl Harbor, el siete de diciembre del cuarenta y uno, los puertos del pacífico estarían bajo ataque y era necesario reforzar sus defensas. Aunque no hubo un ataque masivo, ocurrieron dos incidentes bélicos por parte de Japón, uno sucedió el veinte de junio de 1942 cuando el submarino japonés I-26 bombardeó el faro de Estevan Point en la isla de Vancouver y el otro, el ataque con globos bomba, o globos de fuego, llamados por los nipones como Fu-Go, lanzados sobre Canadá y estados Unidos entre noviembre del cuarenta y cuatro y abril del cuarenta y cinco, algunos de estos artefactos llegaron a Columbia Británica, aunque no generaron víctimas.

El volver a Vancouver, le permitió estar cerca de los Richmond y de los Bronsted, a quienes visitaba cada vez que podía, a los primeros para recibir calor amigo y para sustraerse a la tensión de la guerra, que, si bien era un servicio tranquilo, no se podía tener la seguridad de no ser atacados; a los segundos, porque necesitaba recibir las noticias de Emily, ya que establecieron esta vía como la única y más confiable. Por las cartas de Emily se iba enterando de los caminos que seguía en esta vorágine de miedo, heroísmo y esperanza.

En Vancouver pasó el resto de la guerra, hasta la rendición de Japón el dos de septiembre del cuarenta y cinco.

19

EMILY VUELVE A CANADÁ

A fines de noviembre del cuarenta y seis, Emily regresó a Canadá, a Vancouver, al Valle del río Fraser, a Pitt Meadows, luego de que el Cuerpo del Ejército de Mujeres Canadienses fuera disuelto el treinta de septiembre del cuarenta y seis, cuando a pesar del deseo de las mujeres de seguir perteneciendo al ejército, fueron consideradas ya innecesarias. Lo mismo sucedería en la Fuerza Aérea y en la Marina.

Cuando retornó a su casa, en realidad la casa de los patrones, su madre había fallecido, de lo cual ya estaba enterada por carta de Mr. Bronsted de hacía seis meses. Esta noticia le disminuyó el deseo de volver. Si lo había hecho era por visitar la tumba del ser que le dio la vida y por ver otra vez a Federico. Sobre su madre nada ya podía hacer, pero por su novio, tal vez convencerlo de irse de Vancouver, tal vez a Londres a ayudar a la reconstrucción. Había quedado encantada con la solidaridad y entereza de los londinenses y creía que era una buena ciudad para vivir. No obstante, a Federico nunca le llegó a confesar su deseo de viajar a Londres, le pareció que sería muy egoísta de su parte, arrastrar a un nuevo cambio a alguien, que por lo que podía observar, se esforzaba para encajar de alguna manera entre personas que ya lo estimaban.

20

LONDRES

Desde que Emily regresó a su pueblo, sintió que había dejado de pertenecer a este lugar. Su madre había fallecido y no quedaba nada que la hiciera recordar, solo una lápida en el *Fraser Cemetery*. Entre los Bronsted, se sentía culpable por haber vuelto de la guerra, cuando los veía sufrir, sin resignarse, por la muerte de Andrew. Hasta la compañía de Federico ya no la llenaba como cuando antes de la guerra. Había cambiado. No sabría decir por qué ni cómo, pero era evidente que había cambiado. Sentía remordimientos por Federico. No podría decir que no lo amara, pero sus recuerdos de los últimos cuatro años los llevaba a sitios muy distantes y separados. Pareciera que Federico se sentía celoso de los recuerdos de Emily. Las anécdotas de la guerra de Federico no pasaban del ataque al faro de Vancouver o los globos bomba de Japón. O al comienzo, los embarques de los convoyes a Londres y su única participación en un convoy a Inglaterra. Cualquiera que sea la situación, Emily sentía cómo día a día aumentaba la sensación de soledad y aislamiento en Pitt Meadows. Creyó que lo mejor era ser honesta con Federico.

Una tarde de septiembre, cuando su novio la acompañaba a retornar a su casa, le preguntó:

—¿Qué habría sido de nosotros, si no se hubiera dado la guerra?

—¿Qué pregunta es esa? —contestó Federico con otra pregunta.

—No. Nada, Disculpa. No sé qué me pasa. Perdón.

—¿No te parece Emily que es hora de que nos casemos? Ya ha pasado algún tiempo desde que volvimos y los recuerdos de la guerra ya van cicatrizando.

—De eso quería hablarte mi querido y paciente amor —le dijo mirando a Federico con una mezcla de dolor y esperanza. Federico por su lado, sintió que algo negro se deslizaba a su encuentro.

—Te escucho Emily. Espero que sea algo bueno para los dos.

—Quería decirte que nos casaremos cuando vuelva.

—¿Cuándo vuelvas de dónde?

—Querido Federico, hace unos días me visitó una compañera de los días en Londres y me dijo que había vuelto para allá este año a la celebración de «El Día de la Victoria en Europa». Dice que fue algo excepcional, maravilloso. El próximo año se celebrará también conmemorando el día que se rindió Alemania, el ocho de mayo. Querido Federico, me gustaría ir.

—Está bien, Emily. Te acompañaré.

—De eso quería hablarte también, y me apena mucho decírtelo, pero me gustaría asistir sola, como último acto de mi soltería y vida aventurera. La última vez, Federico.

—¿Y el día que vuelvas, nos casamos?

—Así será, querido. Te lo prometo —dijo Emily, como un susurro, con los ojos húmedos.

De ahí hasta mediados de abril del año cuarenta y ocho, todas las conversaciones de los jóvenes terminaban en «cuando vuelvas y nos casemos» o «cuando regrese». Federico tenía planes avanzados con su patrón, quien desde que falleció su esposa Mary, había pensado que era hora de retirarse a una casa de reposo en Vancouver y la propiedad se la dejaría a Federico en plan de administrador hasta su fallecimiento, cuando la heredara su hijo. En el ínterin, Federico podía comprarla si es que obtenía el financiamiento y la aceptación de su hijo, que seguía viviendo en Perú como ingeniero de la empresa petrolera. De eso hablaba con Emily y cómo remodelarían la casa y mejorarían la crianza de ganado. Emily escuchaba con agrado los planes de Federico, pero no agregaba nada.

El sábado diez de abril, le organizaron, sus amigos y Federico, una pequeña cena de despedida en la casa de Emily. A finalizar, la inevitable despedida de los novios tuvo lugar en una especie de glorieta en el jardín de los Bronsted.

—No estés triste. Estaré ausente no más de un mes —trató de tranquilizarlo Emily.

—No me preocupa tanto el tiempo sino tu seguridad del viaje —dijo Federico no muy convencido de lo que decía.

Porque claro que le preocupaba el tiempo de nueva espera y sobre todo lo que este viaje podría significar para el futuro de ambos.

—No debes preocuparte, partimos como parte de una delegación del Estado. El viaje será muy seguro. Fíjate que hasta me vienen a recoger a la casa, mañana antes del amanecer, como ya sabes. Vamos, mírame y dime que me quieres. Dime que me vas a esperar.

—Claro que te esperaré, lo he hecho por más de seis años.

—¿Cómo que seis años? Los dos primeros años me tocó esperar a mí.

—Es verdad, pero cuatro años también es mucho tiempo. Espero que cuando vuelvas sea la última separación.

—Así será te lo prometo. Ahora despidámonos. Dame un beso de despedida.

Se abrazaron un momento y se dieron un apasionado beso de despedida. Federico se dirigió a la salida de la propiedad y no miró hacia atrás. Ella lo miró alejarse hasta que llegó a su camioneta pickup Chevrolet del cuarenta y seis. Antes de entrar al carro volvió a mirarla; y ella le levantó la mano que él respondió e inmediatamente entró al asiento del conductor. Arrancó y partió. Ella aún esperó unos minutos hasta que las luces de la camioneta se perdieron.

Emily partió al día siguiente. Un vehículo militar, antes del amanecer, como le había dicho a Federico, la trasladó hasta Vancouver donde junto con otras colegas y excombatientes partieron para el puerto de Halifax, en Nueva Escocia, el recorrido lo hicieron en aviones militares de transporte que habían sido usados en la guerra. Partirían en barco hasta Inglaterra, recreando la ruta de los convoyes que llevaron ayuda durante la batalla del Atlántico. En Londres fueron hospedados en instalaciones militares, desde una semana antes. Ahí se reencontró con viejas y viejos conocidos de los años de la guerra y especialmente con sus compañeras de la *Canadian Women's Army Corps*. Ese año el ocho de mayo cayó sábado.

21

LA NUEVA ESPERA

A Federico nunca le agradó la idea de que Emily vuelva a Europa. En la primera espera que duró entre el cuarenta y dos y el cuarenta y seis, sufrió demasiado, ante la idea de que pierda la vida en la guerra o que haya dejado de amarlo o que se haya comprometido. Era consciente de que, en los momentos de miedo ante la proximidad de la muerte, frecuentes en la guerra, se desarrollaban sentimientos muy fuertes de unión entre los protagonistas. ¿Quiénes serían los coprotagonistas en la historia de Emily en esos días? Estos temores duraban siempre hasta la próxima carta que recibía, a través de los Bronsted con cuya correspondía venían las cartas de Emily e iban las de él.

El mes de ausencia se convirtió en tres meses, porque según escribió Emily, se había reactivado el Cuerpo de Ejército de Mujeres Canadiense, al que había pertenecido; y le habían pedido su colaboración en la delegación canadiense que colaboraba con Inglaterra en las tareas de postguerra.

—Eso significa que no volverá —se dijo Federico con resignación.

Le contestó la carta diciéndole que no se preocupe, que la felicitaba por la posibilidad de volver a vestir el uniforme, además era mejor que no haya estado aquí porque se había producido una inundación terrible causada por el río Fraser.

Tres meses más tarde le llegó a Federico la que sería la última carta de Emily enviada desde Londres. El tenor de la carta era el siguiente:

«Querido y recordado Federico:

Sé que me odiarás a muerte después que termines de leer mi carta, pero lo hago porque te respeto y te quiero mucho. Quiero que me recuerdes con cariño, como yo lo haré siempre. Cuando regresé a Pitt Meadows, lo hice convencida de que tu amor aplacaría mis recuerdos de la guerra, los amigos perdidos, las personas a quienes no pude aliviar su dolor. En los cuatro años de separación, no pasaron solo cuatro años. Pasaron décadas, siglos, en los cuales tú no estuviste, por lo que ahora mi memoria está llena de una vida en la cual no estuviste, no porque tú no hallas querido, sino simplemente porque estabas en otro lugar viviendo tus propias experiencias. Vivir juntos sin experiencias, o en todo caso con experiencias tan distintas, me resulta muy difícil. Llegaría el día en que mis tormentos venidos del pasado. De la guerra. Te resultarían incomprensibles. No sé qué más decirte. Solo que estoy casi segura de que nuestro matrimonio sería un error que nos llevaría a odiarnos a la larga, cosa que no quiero porque tu amor, mi amor, han sido totalmente blancos, puros e inocentes, que no se condicen con mis recuerdos oscuros de la guerra.

Adiós, querido Federico. Yo sé que ese inmenso corazón que tienes me perdonará. Pero debes creerme que es lo mejor, para ti, sobre todo. Adiós, amor, no me odies por favor y no intentes buscarme te lo ruego. Emily.»

No se podría decir que a Federico le extrañó la carta. Hace tiempo, a poco del regreso de Emily de Europa, que sintió que parte de ella se había quedado pegada a Inglaterra. El nuevo viaje podía significar la recuperación de esa parte o que termine de adherirse totalmente.

22

VANCOUVER III

Luego del golpe sufrido con la carta de Emily, Federico sintió que ya no podría vivir en el mismo lugar donde compartieron tanto amor, esperanzas y sueños. Todo en ese valle estaba impregnado de ella. Pensó en irse a Londres a buscarla y decirle que estaba equivocada, que nada habría que cambie su amor por ella, pero se contuvo al pensar que su presencia solo la haría sufrir más. Él era consciente de los sufrimientos que había tenido que pasar durante la guerra, pero no le preguntaría jamás; y si ella por sí misma decidiera contarle, él jamás le reprocharía nada. Jamás, tan seguro como que mañana de nuevo amanecerá. Pero no irá a buscarla. Tal vez ella misma se dé cuenta del error que estaba cometiendo y un día volvería por él. Por eso aplazó un tiempo su partida

—Un año —se dijo.

—Sí, esperaré un año. Qué cosa es un año más de espera, ante la posibilidad de una vida de felicidad.

Además, debería ayudar a Mr. Richmond a recuperarse de la inundación de junio.

La familia Bronsted, junto a la fatídica carta de Emily, habían recibido la de ellos. Les decía que les agradecía infinitamente la acogida en su casa, primero a su madre y luego a ella después de la guerra. Les agradecía también haberla tenido como hija y como hermana, a tal punto que nunca extrañó y ni conoció otro hogar que no sea el vuestro, pero que, con todo el afecto recibido, no podía olvidar que no era su hogar. Tenía la esperanza de que al unirse con Federico tendría un hogar al fin propio en Canadá, pero al parecer esto tampoco será posible; por eso había decidido poner mar de por medio y emprender una nueva vida, que en verdad había empezado desde el día que se unió al esfuerzo de guerra de su país.

Para la familia Bronsted, la deserción de Emily era la segunda pérdida que les trajo la guerra.

Federico dejó pasar un año y medio, porque no tuvo corazón para abandonar a Mr.

Richmond que lo había tratado siempre como a un hijo. Lo hizo recién cuando regresó Alfred desde Sudamérica.

Sin saber qué camino tomar todavía, solo quería alejarse de los lugares tan queridos donde vivió y sufrió su pasión.

En el puerto de Vancouver encontró viejos conocidos que le informaron que se estaba necesitando personal administrativo en el puerto. Es más, dos de sus amigos trabajaban ahí desde los tiempos de la guerra. Se enroló al personal de la planilla del puerto.

23

LOS AMIGOS

Habían transcurrido cuatro años desde que Federico empezó a trabajar en el puerto y nunca había visto anclar al Margarita, el barco en el que hizo el viaje a Canadá. Es verdad que no trabajaba en el muelle puesto que su trabajo era la papelería de entrada y salida de mercadería por el puerto, pero entre esos papeles nunca vio el nombre del Margarita.

Hasta que un día de julio vio a un hombre que le parecía conocido, caminando como desorientado, cerca de la oficina que ocupaba. Se acercó más a la ventana para ver mejor.

—Sí, es él —se dijo y salió rápidamente.

—¡Mauricio! —le gritó al hombre, que volteó sorprendido y aún se quedó un tiempo mirando incrédulo a Federico.

—¡Hey, Federico!

—A los tiempos, amigo, ¿qué ha pasado con tu barco?

—¿El Margarita? Ya no navego en ese barco.

—Si has cambiado para mejorar, está bien.

—Lo vendieron y ahora solo hace viajes dentro del país. Ahora navego bajo bandera americana.

—¿Americana?

—Sí. De Estados Unidos. ¿Y tú, cómo andas? —quiso saber Mauricio.

—Yo trabajo aquí ya hace como tres años y medio, casi cuatro.

—¿Y cómo te fue con el ingeniero? Jeremías, ¿Te acuerdas de Jeremías?

—Claro, el que me ayudó a desembarcar. Nunca más lo volví a ver. Cuando me integré a este trabajo lo busqué y pregunté por él y nadie me supo dar razón.

—Bueno, él nos dijo que había visto como un par de veces al ingeniero y por él sabía que estabas bien. Dime, ¿Estás trabajando, ahora?

—Sí, claro.

—¿Por qué no nos encontramos más tarde, cuando salgas?

—Mi turno termina a las cuatro, ¿puedes?

—Perfecto. Aquí mismo te espero. En punto como a la inglesa.

Se despidieron para encontrarse más tarde. Parece que Mauricio se había percatado de que su amigo estaba inquieto. Mirando a cada momento a la puerta de su oficina.

Federico invitó a su amigo a un café donde podrían conversar con tranquilidad.

—Me da mucho gusto verte Mauricio, después de tanto tiempo. Te debo tanto amigo, que no podré pagarte —inició la conversación Federico.

—Olvídate. Hice lo que tenía que hacer. Cuéntame, ¿te comunicas con tu familia en Perú?

—No. Nunca. ¿Se llegaron a enterar de que tú me embarcaste?

—Jamás.

—Mejor. Me preocupaba haberte comprometido.

—Cuéntame, ¿cómo te ha ido en estos casi ocho años? ¿Te alistaste para la guerra?

—Rápidamente te cuento, el ingeniero me llevó a trabajar en la granja de sus padres, ahí he estado hasta que Canadá entró en la guerra y me presenté voluntario al ejército, me destacaron a un puerto del atlántico y a un viaje en un convoy a Inglaterra, luego cuando Japón atacó a estados Unidos me enviaron para acá, cuando terminó la guerra regresé a trabajar con los padres del ingeniero hasta hace, como ya te dije, como unos cuatro años, que trabajo aquí.

—O sea que participaste en la guerra. Te cuento: allá también tuvimos nuestra guerra.

—¿Contra Japón y Alemania?

—No. Contra Ecuador. Duró poco, como un año. Fue la época en que vendieron el barco, aunque ya hacía entre dos y tres años que solo llegaba hasta Panamá, desde el Callao.

—Contra Ecuador. Tú sabes que mi familia vive casi en la frontera. Espero que no les haya pasado nada —dijo Federico con sus pensamientos volando hasta Cenagal.

—No creo, como te dije duró muy poco y no se ha sabido de muertos civiles.

—¿Y en este barco, desde cuando eres tripulante?

—Hace como cuatro años también. Lo que pasa es que su carga es ahora para Europa, para la reconstrucción, dicen. Este es el segundo viaje a este puerto.

—¿Y cómo te va?

—Bien, considero que mejor en este barco que en el anterior. ¿Y dime, amigo, ya no piensas volver?

—No lo sé, a veces pienso volver y luego me desanimo. Pero espera un momento, te voy a presentar a Santa Claus.

—¿A quién?

Por la puerta entraba sonriente como siempre el gordo Nicholas.

—Mi amigo Mauricio —le dijo a Nicholas— Mi amigo Nicholas —le dice a Mauricio.

Se saludan los nuevos amigos, estrechándose las manos.

—Sentémonos —dijo Nicholas en inglés que no fue necesario traducir para Mauricio que conocía algunas palabras y frases comunes en ese idioma.

—Ustedes son mis únicos amigos ahora, juntos con el ingeniero Richmond, que no sé por dónde anda —Dijo Federico e inmediatamente le tradujo a Nicholas, que también sabía algo de español.

—No tienes más amigos porque no quieres —le dijo riéndose, Nicholas.

Mauricio miró a Federico para que le traduzca

—Dice que no quiero tener más amigos.

—¿Y es cierto? ¿Y por qué no quieres tener más amigos?

—Es complicado. Después te cuento —dijo y le enseñó un puño a Nicholas—. Lengua larga —agregó, con un ademán que hacía innecesaria la traducción.

Pasaron los amigos el resto de la tarde con Federico tratando de hacer las veces de intérprete y riéndose entre todos de la pronunciación cuando intentaban hablar el idioma del otro.

A Mauricio no lo vería más, por alguna razón sus barcos de la vida no coincidieron en algún puerto.

24

EL REGRESO

Ahora habían transcurrido ya como seis años trabajando en el puerto, desde que pensó que el alejarse de Pitt Meadows, donde vivió sus momentos más felices y también los más tristes, sería suficiente para olvidar. Siempre estuvo equivocado y después de seis años seguía sin comprender. Había quedado atascado en su pasado y no había manera de salir. Llevaba una vida solitaria, muy pocas veces se reunía con su amigo. Muy de vez en cuando se juntaba con sus compañeros, en algún bar, a beber y cantar canciones de la guerra y si estaban muy ebrios terminaban buscando mujeres de alquiler. No tenía amigas. Tenerlas hubiera sido como violar el recuerdo de Emily.

Tenía a su único amigo Nicholas, al que escuchaba en algunas cosas, en relación con su pasado. Y fue este amigo también, el único capaz de darse cuenta del estado en que se encontraba, que llegó a suponer, que, si Federico seguía así, el siguiente paso sería el suicidio. Se propuso evitarlo, aunque sabía que su amigo no quería hablar de su problema, porque para él no había ninguno. No habría manera de curarlo, mientras no admita que necesitaba sanar.

En una de sus pocas conversaciones, sentados en una taberna próxima al trabajo, abordó el tema, aunque sabía que corría el riesgo de que Federico corte la conversación y no le vuelva a hablar por un tiempo.

—Federico, amigo, quiero hablarte de algo que me preocupa —empezó Nicholas.

—¿Tú también? —contestó rápidamente Federico con fastidio.

—¿Yo también qué?

—Queriéndote meter en mi vida más íntima. Que solo es mía.

—Sí, amigo. Tu vida es únicamente tuya, pero tu amistad es mía. La amistad, como el amor requiere de dos. ¿Quién no te dice, que la amistad es una especie de amor?

—No sigas, que me empiezas a preocupar — dijo Federico riéndose, lo que bajó un poco el momento tenso en el que parecía que se convertiría la conversación.

—Ja, ja, ja ¡Tú sabes a qué me refiero! —replicó Nicholas.

—No. No sé a qué te refieres.

—Pero, si acabas de decir que sí sabes de lo que quiero hablar.

—He dicho que, si tú también te quieres meter en mi vida, pero no sé en qué términos lo quieres hacer.

—Mi querido amigo. Solo una preocupación ocupa mi pensamiento y es el de que te vayas apagando, encerrado en tu propio mundo sin hallarle una salida, ¿sabes lo que significa eso?

—Claro, el fin, la muerte, o el suicidio. Me doy cuenta perfectamente. Pero no te has puesto a pensar ¿si es eso, tal vez, lo que quiero o lo que necesito?

—No, amigo, la vida no necesita de la muerte; al contrario, es la muerte la que se alimenta de la vida. Si has llegado al caso extremo de no querer tu vida, úsala para ayudar a otros porque al final, ¿qué puedes perder? ¿La vida que no quieres?

—Me has resultado filósofo —dijo Federico riéndose de nuevo de su amigo.

A Nicholas le pareció que su intervención iba por buen camino. Bajo otras circunstancias, Federico ya se hubiera parado y retirado. Pero ahora no, estaba aquí queriendo hacer bromas. Debía, entonces, aprovechar el momento y proseguir a fondo.

—¿Has pensado en tus padres, por ejemplo? —continuó Nicholas.

—¿Me estás dando un golpe bajo?

La respuesta como pregunta de Federico, no tenía implícita una censura, más bien era una invitación a que siguiera.

—Me estás toreando. No me has respondido.

—Es que la respuesta es obvia, ¿quién no extraña a sus padres?

—¿Y no te gustaría darles una alegría?

—Ahora tu discurso se volvió muy básico abandonando tu tono filosófico.

—¿Te parece básico el amor a los padres?

—Ya descubrí a dónde quieres llegar. Te diré algo: sí me gustaría volver a verlos, pero me asusta ya no encontrarlos y la misma soledad que siento aquí la vuelva a sentir allá multiplicada.

—¿Y si no fuera así?

—Mi querido amigo Nicholas, eres una gran persona, por eso debe ser que eres mi amigo, te has metido en mi corazón a operarme de emergencia y has logrado que ya no me duela, al menos esa parte, por eso te agradezco que no me hayas preguntado por mi gran dolor todavía no cicatrizado.

—¿Tu dolor de amor?

—Exacto, pero no quieras saber más, porque derrumbaríamos lo construido.

En la radio se escuchaba una canción que se había hecho famosa después de la guerra que suponía el recibimiento de una esposa al soldado que regresa. *It's been a long, long time.*

«Bésame una vez, luego bésame dos veces,
luego bésame otra vez.
Ha sido un largo, largo tiempo»

Federico se quedó callado, escuchando la canción, con los codos apoyados sobre la mesa, con la cabeza inclinada mirando como se consumía el cigarrillo que sostenía entre sus dedos.

Nicholas se puso de pie, le palmeó la espalda y le dijo:

—Déjala ir, amigo.

—*No problem* —le respondió Federico.

Se incorporó y salieron.

Y Federico cumplió su promesa. Lo pensó y determinó viajar. Iría a ver a su familia. Si no le gustaba lo que viera, se regresaría. Total, ahora podía ir y venir a donde sea, porque ya era también ciudadano canadiense, gracias a la guerra. A la semana siguiente se lo comunicó a su amigo.

—Nicholas, está decidido. Me voy a mi tierra. Resérvame el puesto de trabajo por si decido volver.

—Siempre, amigo.

Federico arregló su viaje. Cambió a dólares americanos su efectivo. Le encargó a su amigo que entregara al propietario, el departamento que ocupaba. Que esperara tres meses. Si en ese lapso no volvía, dispusiera de las cosas, muebles y otros. Eso significaría, que si volvía sería solo de visita. No le fue difícil encontrar un barco que lo llevara a Paita, gracias a su trabajo en el puerto.

La primera escala del barco «Costamar», fue Seattle, no pudo evitar pensar cómo hacía cerca de veinte años, lleno de miedo pasó por el mismo puerto, mirándolo desde lejos. Ahora, no tenía que quedarse en el barco si no quería. Bajó y entró a territorio estadounidense con su pasaporte canadiense, que había tenido la precaución de obtenerlo. No tenía nada que hacer en tierra, lo hacía solo para experimentar su nueva libertad. Nunca le interesó ir a Estados Unidos, viviendo en la misma frontera. Casi veinte años al costado del Estado de Washington y nunca lo visitó. Esas eran las paradojas de

Federico. Volvió al barco y se fue a su camarote que le habían asignado. Se puso a leer un librito sobre el desembarco de los aliados en Normandía, le gustaban los libros relacionados con la guerra, así como las canciones, que tiempo después silbaba cuando cabalgaba su mula en los campos de su hacienda. Se percató que no había sentido los mareos que sintió la primera vez que subió al Margarita, el barco que lo trajo de Paita hasta Vancouver.

La siguiente escala fue después de un largo viaje, en Panamá, aquí también descendió del barco y caminó por el puerto, por los lugares más concurridos y donde sospechaba que era más seguro. Sabía que en los puertos había que tener cuidado siempre. Visitó la oficina de personal y preguntó si tenían vacante para un administrativo de puerto, que venía de Vancouver. Le dijeron que si presentaba formalmente una solicitud tal vez le encontraban algo. Él solo quería saber si en caso decidiera volver a salir de su pueblo. A Canadá ya no volvería. Prefería un mejor clima ahora que empezaba a envejecer. Lo de envejecer era una exageración pues solo tenía treinta y cinco años.

25

PUERTO DE PAITA

El siguiente lanzamiento de anclas fue cuando llegó a su destino: Paita. En veinte años se observarían cambios y una serie de sentimientos encontrados lo abordaron. Volvió a sentir el miedo a lo desconocido, como cuando partió, mezclado con el recuerdo de la injusticia y la pena no ver a su madre. Sobre su padre, se había hecho a la idea de que quizá ya había fallecido. Cuando partió lo hizo para siempre. No estaba en sus planes volver; y aquí estaba.

—La vida no es lo que se planea sino los giros del destino —pensó.

Era de noche y no le pareció buena idea desembarcar. Lo evitaría, si podía. Habló con el contramaestre y este no tuvo inconveniente. Pasaría una noche más en el camarote. El contramaestre también le cambió algunos dólares por Soles de Oro.

Al día siguiente, el mismo contramaestre, le fue a avisar que ya era hora.

—Buenos días, señor. Ya es buena hora para desembarcar, así podrá aprovechar la mañana, antes que el sol de esta región se vuelva quemante.

—Gracias. Ya estoy listo, voy detrás de usted.

Al llegar a cubierta, le mostró las maletas.

—¿Ya se las hago bajar? —preguntó como rutina el contramaestre.

—Sí. Gracias. Ahora me despido. Adiós —se estrecharon las manos.

Le pusieron en el muelle sus pesadas maletas de suela de cuero de res. En una de ellas llevaba el casco con el que sirvió en la defensa del puerto de Halifax primero y luego en el de Vancouver. Este casco lo usaría después, en lugar de sombrero cuando cabalgaba su mula colorada. Resultó ser un excelente recurso para evitar las espinas en el campo.

A diferencia de cuando partió, ahora había automóviles que hacían servicio de transporte de pasajeros a Piura y Sullana. Escogió irse a Sullana. Sus maletas las colocaron en la parrilla del vehículo.

—Disculpe, señor —le dirigió la palabra y la mirada al chofer.

—Sí, señor, dígame —contestó aquel, volteando a mirarlo, descuidando por un breve momento la mirada de la pista.

El carro se estremeció al pasar por un bache y a Federico le pareció que era consecuencia de la desatención del chofer por responderle, por lo que se quedó callado.

—Sí, dígame —insistió el chofer.

A Federico no le quedó más remedio que seguir la conversación.

—¿Hay carros de pasajeros que salgan a Tumbes desde Sullana?

—Sí, hay varios, pero la mayoría ya han salido, los que quedan salen en la tarde o mañana los que regresan hoy en la noche.

—Bien. Entonces déjeme en algún lugar donde pueda esperar hasta la tarde.

—¿A dónde va usted? ¿Al mismo Tumbes?

—No. A Punta Mero.

—¿Usted es ahí?

—No. De ahí sigo para mi pueblo, por Casitas.

—Entonces le conviene ir hasta Zorritos, aunque llegará como a las diez de la noche, donde no tendrá problema si tiene dónde hospedarse. Lo digo por las maletas que lleva, pueden resultar muy atractivas a los amigos de lo ajeno.

—Entonces, ¿qué me aconseja?

—Que pase la noche aquí en Sullana, en algún hotel. Hay buenos. Y sale mañana muy temprano, así estará en Zorritos antes de las once de la mañana.

—¿Conoce usted un hotel tranquilo?

—Dejando los pasajeros, yo lo llevo. Está ubicado cerca por la Plaza de Armas, así puede salir un rato a caminar y a mirar el río. Debe estar aburrido de estar en el barco. Si quiere cambiar moneda, hay un banco ahí cerca, también.

—Aún me siento mareado por el viaje. No sé si será buena idea salir a caminar.

El colectivero, lo llevó a un hotel para que pase la noche y le prometió que a las cinco de la mañana vendría a recogerlo para llevarlo a tomar el ómnibus que lo llevaría hasta Zorritos, más exactamente a Bocapán, donde estaba al desvío a Casitas.

A Federico le hubiera gustado ir a la calle Loreto para informarse de su amigo Mauricio; pero consideró que mejor lo haría cuando ya se haya instalado en su pueblo; además todavía se sentía mareado por el viaje.

26

CENAGAL

El viaje a Tumbes, lo haría por primera vez siguiendo la carretera panamericana, trataba de no perder detalles de lo que se podía ver a través de las ventanas del ómnibus. Estaba inquieto, no podía dormir, a diferencia de la mayoría de los pasajeros que iban recuperando las horas de sueño perdidas por haber madrugado. El paisaje que podía observar era muy parecido a lo que recordaba de cuando la vía, hoy asfaltada, era un camino. El mayor cambio se reducía a un número mayor de casas construidas a los lados de la carretera. Cuando pudo reconocer que se acercaban a Zorritos, al pasar por Punta Mero, lugar muy conocido por él y todos los habitantes de su pueblo, porque en época de lluvias, allí empezaba o terminaba el camino, según se vaya o se venga a Tumbes.

—Amigo —le dijo al que parecía ser el ayudante o el copiloto.

—¿Va a bajar? —le contestó el otro.

—En Zorritos.

—Falta, todavía.

—En Bocapán

—¿En Bocapán?

—Sí. Por dónde haya una entrada a una carretera.

—¿En la entrada de Casitas?

—Exacto.

Se preguntaba Federico, cómo fue que lo supo tan rápidamente.

—Yo le aviso, no se preocupe.

Y así fue. Lo dejó en Bocapán, a la entrada de la carretera a Casitas, el distrito en el que estaba ubicada la hacienda de sus padres.

Y aún le dio más instrucciones:

—Espere allá —le dijo el ayudante del transporte, señalándole el inicio de una carretera afirmada.

—Gracias. Aquí ya me ubico —respondió Federico y arrastró sus dos pesadas maletas; y se cruzó al hombro su maletín de lona.

Tuvo que esperar como cuatro horas, que ya empezaba dudar de si por allí pasarían los benditos colectivos. Se tranquilizó cuando se le unió a la espera una pareja joven que al parecer viajarían en su misma dirección.

—¿Para Casitas? —le preguntaron los jóvenes antes de que él haga la misma pregunta.

—Sí. ¿Y ustedes también?

—Sí, pero nos hemos hecho tarde ¿No ha pasado Parker todavía?

—¿Quién? —preguntó Federico, no recordaba a ningún Parker, en realidad no recordaba a ningún transporte a Casitas, ni tampoco que hubiera.

—Parker. ¿O a cualquier colectivo?

—No ha pasado nadie.

—Hace rato que está aquí?

—Sí. Como cuatro horas.

—Ah, entonces no han pasado. ¿Y adónde va usted?

—A Cenagal.

—¿A Cenagal? No lo conozco —dijo la mujer—. ¿Lo conoces tú? —le dijo a su compañero.

—Algo me suena, creo que es más allá de Cherrelique —contestó el que parecía ser el marido de la mujer.

—Sí, más allá de Cherrelique —dijo Federico—. Pasando un pueblo más.

—Nosotros vamos a Averías, nomás. Podemos irnos en cualquier colectivo. Suponemos que usted se irá con Menéndez.

—No lo sé, ¿por qué?

—Porque él va hasta por allá, mientras que Parker a veces no tiene pasajeros para más allá y prefiere quedarse en Cañaveral.

—Muchas gracias por la información.

—De nada. Parece que hay muchas cosas que usted desconoce. ¿No es de por aquí?

—Sí. He nacido en Cenagal, pero me ausenté cuando era muy joven, hoy vuelvo y me parece que han cambiado varias cosas.

—Ah, por eso —dijo la mujer mirando a su marido con un gesto de ya entiendo.

Un vendedor con una inmensa canasta sobre un triciclo se apareció ofreciendo pan. La pareja se acercó de inmediato al panadero como si lo hubieran estado esperando.

—¿A cómo tu pan? —indagaron, al unísono.

—El pan a diez por un sol, las marraquetas a cinco por un sol y los biscochos también a cinco por un sol —contestó de manera automática el vendedor.

Federico también se acercó, la larga espera le había abierto el apetito. Compró un sol de cada tipo de pan; se lo entregaron en una bolsa de papel de donde sacó una marraqueta para comerla ahí mismo.

—Oiga, ahí viene la góndola de don Liendo, es probable que vaya hasta su sitio.

—¿Este que ya está aquí? —Federico vio como un pequeño ómnibus de carrocería de madera se acercaba pegado a la derecha por donde estaban los viajantes esperando.

—Sí, pero primero pregunte, de todas maneras.

Federico esperó que el carro se detuviera y abriera la puerta delantera.

La mujer se adelantó a preguntar:

—¿Va hasta …? ¿Cómo dijo? —le preguntó al marido.

—Cenagal —dijo este.

—Sí. Y hasta más allá —contestó el que parecía el ayudante y que después Federico descubrió que era el hijo del dueño del vehículo. A continuación, tomó el joven una de las maletas de Federico y la lanzó al techo de la góndola. Recibía la carga que iría en el techo otro muchacho de piel quemada por el sol norteño.

—¿Tiene más bultos? —preguntó el ayudante de tierra.

—¿*What*?, perdón ¿qué cosa me dice? —dijo Federico medio confundido.

—Si tiene más equipaje o eso es todo.

—Eso es todo, este maletín lo llevo conmigo.

—Entonces suba y busque un asiento — indicó el ayudante que se movía en el piso, porque el otro no se bajó del techo, donde al parecer seguiría el viaje.

Al buscar asiento, para sentarse, Federico pudo comprobar que eran muy estrechos. Las piernas no entraban. Sus rodillas chocaban con el respaldo de madera del asiento de adelante. La única manera de sentarse era con las piernas abiertas, ocupando todo el asiento que era para dos, o de costado con las rodillas hacia el pasadizo. Escogió esta última manera, donde todos los que pasaban se las empujaban para que dieran espacio. No era el único inconveniente, el techo era muy bajo y su cabeza rozaba con una especie de canastilla instalada sobre los asientos para acomodar bultos pequeños. Sin contar que su asiento estaba junto a un tubo puesto para sostener el techo. Cuando el carro arrancó, pudo observar que en la parte de atrás había dos asientos frente a frente, donde tal vez pueda estirar las piernas, porque en la posición actual ya estaba cansado y aún estaba empezando el viaje. Le preguntó al ayudante, que resultó llamarse Manuel según pudo escuchar al conductor llamarlo.

—¿Puedo sentarme en ese asiento, por favor? —dijo Federico señalando al asiento vacío.

—Claro, no hay problema —dijo Manuel—, pero acá golpea un poco más y entra algo de polvo por la puerta.

—No hay problema —dijo Federico—, siempre será mejor que la posición en que estoy, que solo han pasado unos minutos y ya me falta la circulación y no me puedo parar porque tendría que enrollarme para no chocar al techo.

—Entonces venga, con cuidado, no pise los bultos que están en el piso.

Se acomodó y ahora podía estirar las piernas, haciendo un poco de sitio entre los bultos amontonados en el piso. Aunque pronto comprobó que el polvo que entraba no era broma. Un polvo fino de tierra reseca que removían las llantas del vehículo. Lo solucionó en parte con un pañuelo sobre la nariz y boca, hasta que Manuel trajo unos trapos con los que tapó las rendijas. La cosa mejoró mucho, pero había que volver a colocar los trapos cada vez que se abría la puerta, cosa que se repetía cada kilómetro más o menos de los sesenta que había que recorrer.

Federico miraba el paisaje que pasaba a través de las ventanillas, árboles sin hojas, arbustos secos, de vez en cuando árboles con hojas verdes, como muestra de la vida aún presente, de la estrategia de sobrevivencia de los bosques secos. Cuando vengan las lluvias en verano todo se cubrirá de verde otra vez.

Sus pensamientos estaban divididos entre lo que había dejado atrás y lo que habría de encontrar a su llegada.

El viaje demoró como cuatro horas, en una marcha lenta por las irregularidades del camino y por las constantes paradas para dejar pasajeros y carga. Federico bajaba de vez en cuando para estirar las piernas, como para recoger los trapos que se caían al suelo cuando abrían la puerta y al mismo tiempo ver si sus maletas estaban allí todavía. Como a las siete de la noche pasaron por Cherrelique, lo que significaba que quedaba muy poco camino por recorrer para llegar a su pueblo. A su casa. «Mi casa. ¿Tengo casa?» —pensó.

La voz del conductor lo sacó de sus pensamientos.

—¿Tenemos gente para arriba? —le preguntó don Liendo a Manuel.

—Sí, papá, uno para la Choza y tres para Cenagal.

—Yo me quedo —dijo don Liendo—, vayan ustedes, que yo los espero, en la casa de don Alfonso.

Don Liendo giró el vehículo hacia la derecha, enganchó primera con un chirrido de la caja de cambios y aceleró para subir la cuesta que lo llevaba a la casa de don Alfonso. El motor parecía que lloraba del esfuerzo, pero al fin se coronó en la cúspide del cerro. Bajó don Liendo y tomó el volante Manuel.

De esta parte del camino, Federico se acordaba muy bien. Su preocupación ahora ya no era lo que había dejado atrás sino lo que encontraría adelante, después de veinte años de ausencia. Los pasajeros no parecieron conocerlo, aunque con frecuencia sentía las miradas de alguno. Los únicos que quedaron en el carro, eran dos jóvenes de alrededor de veinte años, que no podrían conocerlo y otro adulto como de sesenta años, que lo habría reconocido, pero no decía nada. Federico también lo reconoció. Cuando bajaron los pasajeros del pueblo de la Choza y solo quedaron los de Cenagal, el hombre adulto se animó a hablarle.

—Amigo —le dijo el hombre a Federico.

—Sí. Dígame, señor.

—¿Es usted Escobar?

—¿Usted me ha reconocido?

—No muy bien, pero me parece que usted es Federico Escobar, pero no sé, porque dijeron que se había perdido y muchos lo dieron por muerto, pero yo diría que usted se parece mucho.

—Soy yo, don Tencho. ¿El joven es su hijo?

—Si, pero él no te ha conocido. Es muy joven.

—¿Qué edad tiene?

—Anda en veinte.

—Veinte años, es el tiempo que llevo ausente. Cuénteme don Tencho ¿Cómo están mis padres? Usted es la primera persona conocida con la que hablo.

—Bueno tu mamá está bien, pero tu papá, que Dios lo tenga en su gloria, falleció hace algunos años.

—¿Y mis hermanas?

—Se casaron todas

—¿Y mi madre con quién vive?

—Con su hijo, tu hermano.

Lo que no le contó Tencho, fue que el hijo de doña Mariana, andaba en algunos problemas con su madre por haberle matado algunas reses y vendido su carne, sin su consentimiento, comprometiendo a casi todas las personas de varios pueblos como compradores. Si el viaje lo hubiera hecho en otro día, hubiera visto llenarse el colectivo de gente que asistía al juzgado para declarar o defenderse. El caso era bastante conocido y rentable para don Liendo el dueño del colectivo en el que había viajado, que sabiendo quiénes eran los inculpados y cuándo tenían que asistir, se detenía frente a sus casas y llamaba:

—¡Vamos los carniceros!

Al fin llegaron frente a la casa de Tencho. Al bajar este le dijo a Manuel: «Llévalo a la casa de doña Mariana». El carro entonces entró por una trocha que hacía que el carro se bamboleara de un lado a otro, tanto que a Federico le preocupó que sus maletas se caigan del techo de la góndola.

—Las maletas —le dijo al ayudante del techo, que ahora había descendido por fin, señalándole hacia arriba.

—Están amarradas —le contestó el ayudante, con toda tranquilidad.

Cuando doña Mariana vio que el carro subía la cuesta que daba a su casa, parada en el corredor, se preguntaba quién podría ser. No esperaba a nadie. El carro se detuvo delante de ella, en la pampa.

—¡Buenas noches, doña Mariana! —saludó Manuel a través de su ventana lateral.

Doña Mariana le levantó la mano, estaba tratando de ver algo a través de las ventanas que le ayudaran a saber quién era el pasajero.

—¡Le traigo a su hijo! —no pudo aguantarse Manuel que había escuchado la conversación que Federico mantuvo con Tencho.

—¿Quién? —se le escuchó decir a doña Mariana.

—¡A su hijo! —repitió Manuel levantando la voz.

—¡Que se regrese! Llévatelo que aquí no lo queremos.

Manuel se dio cuenta de que doña Mariana se refería al carnicero.

—¡No, él no! ¡El otro! —le alcanzó a gritar Manuel, pero ya no escuchaba doña Mariana, como tampoco respondió a la despedida ni prestó atención al carro que se iba. Delante de ella estaba un hombre que se parecía mucho a su Federico. No podía ser. Se restregó los ojos con el dorso de la mano.

—Hola mamá —dijo Federico.

Doña Mariana estaba a punto de desmayarse. Sentía que las piernas le flaqueaban y se hubiera caído, si no fuera porque Federico la sostuvo abrazándola.

—Hijo mío. Hijo mío. Sabía que estabas vivo. Yo sabía. Mi Federico —le hablaba y acariciaba sus brazos.

Federico, con delicadeza la hizo avanzar hasta la sala y la fue sentando en un sillón. A continuación, jaló una silla y se puso muy cerca frente a ella.

Doña Mariana no había sido, ni lo era, muy cariñosa con sus hijos, con nadie en general, era el prototipo de la mujer campesina de carácter fuerte a la que no se le verá llorar nunca. Pero esta vez doña Mariana estaba llorando, tomándole las manos a su hijo.

—Gracias Seño,r Dios Bendito. Gracias por escuchar los ruegos de una madre sufriente. Gracias Madre Amada, por traerme a mi hijo sano y salvo —decía doña Mariana mientras sostenía las manos de su hijo y miraba hacia arriba con el rostro inundado en llanto.

—Ya mamá, serénate. Ya estoy aquí. Perdóname por haberte hecho sufrir.

—Dime que ya no te irás ¡Prométemelo!

—Te lo prometo, mamá. He venido a quedarme para siempre.

—Gracias, hijo no sabes la alegría que le das a esta pobre vieja.

—No, mamá no digas eso. Más bien cuéntame cómo han ido las cosas. Veo que los campos están secos.

—Es la época del año. Pronto vendrán las lluvias y todo volverá a estar verde otra vez. Tu padre murió hace como siete años, tu herencia ... Ja, ja, ja —pasó del llanto a la risa, que produjo la preocupación del hijo.

—¿Qué pasó, por qué te ríes? —dijo Federico muy preocupado, intuyendo algún tipo de enajenación mental.

—Disculpa hijo, pensarás que tu madre está loca, sino que me ha causado gracia, que como se suponía que estabas muerto, tu herencia se dividió entre todos los demás y ahora vamos a tener que devolverte, ja, ja, ja.

—Me acabas de decir que no creías que había muerto —le dijo Federico con malicia.

—Yo sí. Pero el resto no.

—¿Cómo murió mi papá?

—De muerte natural, hijo. Ya estaba viejo y había vivido bastante. Pero te tengo una mala noticia, que no debería contártela si acabas de llegar, pero es mejor que la sepas por mí que por otras personas.

—¿Cuál es esa mala noticia, mamá?

—Tu hermano, el Vicente, había cogido la costumbre, de matarme vacas para vender su carne. Cuando me enteré por primera vez lo reñí y me prometió dejar de hacerlo, pero al poco tiempo volvió a lo mismo, entonces lo denuncié.

—¿Denunciaste, ante quién?

—El juez.

—¿Y cuándo fue eso?

—Recién, no hace mucho. De hecho, el juicio sigue en Zorritos. El juez es un pillo y está haciendo pagar a todos los que compraron carne como siete veces el importe que pagaron. Él se va a quedar con la mayor parte, por gastos de la justicia dice.

—¿Y Vicente?

—No sé por dónde anda, creo que por Máncora. También tuve que pagarle al juez para que lo deje libre. En realidad, yo ya no quiero nada, pero el juez insiste en hacerlos pagar. Allá él. Ahora, cuéntame tú.

—¿Qué quieres que te cuente?

—Primero en dónde has estado todo este tiempo.

—En Canadá.

—¿En estados Unidos?

—Sí, un poco más allá.

—¿Y cómo llegaste hasta allá?

—La historia es un poco larga, pero el resumen es que me embarqué en Paita hasta Canadá y allá estuve trabajando hasta que me cansé y empecé a extrañar a mi tierra, a mi familia y a mi madre; y me regresé. Y como te dije, ya no me volveré a ir.

—Ven, vamos a la cocina. Te prepararé un cafecito y te serviré algo de comer —dijo doña Mariana al tiempo que se ponía de pie.

—El cafecito está bien, mamá. Tengo ahí unos panes que compré en Zorritos.

—Ah, entonces te serviré un poco de queso.

—¿De vaca o cabra?

—De cabra. No es época de rejo, no me digas que ya te olvidaste.

—No. Claro que no. Si no que allá teníamos vacas que dan leche todo el año.

—¿Todo el año? ¿Llueve todo el año?

—Casi. Pero no es por la lluvia, sino por un río que nunca se seca.

—Acá el agua se seca. Solamente en la parte alta queda un poco.

Siguieron hablando un poco más y doña Mariana le tendió la cama del otro hermano ausente para que duerma esa noche.

Federico no durmió muy bien, se sentía extraño, como transportado a un mundo mágico donde se mezclaban los recuerdos de su infancia con los últimos vividos en Canadá. Reconocía los olores y los ruidos del ambiente, recordaba dónde estaba. Se quedaba dormido para luego despertarse encalabernado, sin saber dónde se encontraba, hasta que volvía a la realidad y así tres o cuatro veces. Cuando se despertó en la mañana, al parecer su madre ya estaba caminando desde hacía rato.

—Buenos días, mamá. Creo que me he quedado dormido.

—No te preocupes. He preparado «majao» con chicharrón de chancho como a ti te gustaba tanto —le dijo la madre acariciándole las manos.

—Anda sirviendo mientras me lavo ¿hay agua, en el mismo sitio?

—Si ahí atrás hay una «pipa» con agua y una lavacara en su pedestal. No te demores mucho para que no se enfríe el café. De olleta como le gustaba a tu padre que en paz descanse.

Federico se afeitó, lavó y se presentó en el comedor, dispuesto a enfrentar su nuevo entorno. Su madre lo esperaba sentada en una de las cabeceras de la mesa. Al verlo venir le dijo:

—¿Ya estás listo? —y sin esperar respuesta agregó— siéntate —le señaló la cabecera libre.

—¡Qué rico desayuno! Extrañaba mucho esta comida. Gracias, mamá — el «gracias, mamá» le salió del alma.

Los siguientes días Federico los empleó en hacer reparaciones a los cercos que algunos se estaban derrumbando, a limpiar de arbustos la pampa delantera de la casa y a pintar las paredes con pintura blanca que encargó a Tumbes.

Al enterarse la familia, sus hermanas principalmente acudieron a darle la bienvenida y a ofrecerle la devolución, aunque sea una parte de la herencia. Le organizaron un almuerzo en la casa hacienda de Cenagal y habrían hecho una misa si la capilla no se hubiera caído antes. Doña Mariana invitó a toda la familia cercana o lejana. Mató un toro pequeño y un carnero y los preparó en un tradicional «copuso». Sentía que estaba viviendo la parábola del hijo pródigo en persona.

Federico les pidió olvidarse de la herencia y agradeció la bienvenida. Les contó a grandes rasgos su periplo canadiense y ocultó, como ya era su costumbre, todo lo relacionado con su romance trunco.

27

READAPTACIÓN

Tan pronto terminó de hacer los arreglos más urgentes en la casa y en los corrales de su madre, empezó a construir su espacio.

No reclamó que sus hermanos, le devieran algo de su herencia, en cambio, utilizó parte de sus recursos acumulados en Canadá, para comprar algunas cabezas de ganado vacuno, unas ovejas y unas cabras. Como a doscientos metros de la casa de su madre, construyó la suya. Compró también una mula y un caballo; cuatro yeguas y un burro hechor. Al parecer, ya había decidido que no volvería a Canadá jamás.

Desde que terminó de construir su casa, vivía en ella solo; pero no dejó de desayunar, almorzar y cenar con su madre en la casa de ella.

Trabajaba de la mañana a la tarde, vestía casi invariablemente con pantalón de dril beige y camisa de algodón blanca.

Cuando terminaba la jornada gustaba de ir a bañarse a la quebrada que pasaba cerca, que, aunque llevaba poca agua, formaba unas lagunas pequeñas de agua fresca y cristalina.

Usaba su casco de soldado canadiense cuando montaba su mula y sombrero blanco de paja cuando montaba su caballo. Utilizaba unos botines de uso civil, aunque tenía un par de uso militar, que los tenía guardados como reliquia y para alguna ocasión muy especial. Con frecuencia se le escuchaba silbar marchas militares canadienses, recordando sus años en la guerra, lo que iba en contrasentido con su deseo de olvidar a Emily. Al parecer, algo había que lo hacía sentir culpable y por eso se autoinfligía sufrimiento.

Una costumbre adoptada en Canadá era la lectura. No leía, sin embargo, muchos libros desde que regresó, aparte de la biblia de vez en cuando. Prefería revistas como *Life* o *Selecciones del Reader's Digest*, que compraba en una librería tumbesina o las encargaba a los colectiveros.

Durante todo ese tiempo, nunca le contó nada a nadie, sobre Emily, hasta un tiempo más tarde que lo compartió todo con Justina.

28

JUSTINA

Justina, era una jovencita hija de Hortencio Otoya, nuestro conocido Tencho. Cuando Federico, el perdido, apareció hacía dos años, Justina tenía dieciséis. Cuando Federico desapareció, ella aún no había nacido. La belleza de Justina era algo exótica, morena de ojos grandes, cabello muy negro, ondulado, que ella usaba corto, que apenas le rosaba los hombros. Era delgada, que sería la envidia de las modelos actuales, con una cintura muy fina, al igual que sus brazos y manos.

Federico le decía *«Justine»* y se acostumbró a verla cuando asistía cada quince días primero y hasta dos veces por semana después, a la casa de Tencho, para dar o recibir razón del ganado de una y otra parte. Es que las vacas, cabras y carneros, vivían libres en el campo, por lo que con frecuencia se entremezclaban, apareciendo una cabeza de ganado de Tencho en los corrales de Federico y viceversa.

Una tarde cuando fue a la casa de Tencho, no lo encontró. Solamente estaba Justina. A Federico le pareció un favor divino, porque desde hacía tiempo quería tener una conversación a solas con ella.

—Justine —le dijo Federico muy despacio.

—Dígame, don Federico.

—Ya te he dicho que no quiero que me digas así —le recordó Federico.

—¿Cómo debo llamarlo? ¿El perdido? Ja, ja, ja.

—¿El perdido?

—Sí. ¿No sabía que así lo llaman?

—No —mintió—. Pero si quieres llamarme de esa manera, no hay problema.

—Es una broma, ¿usted no sabe de bromas?

Le estaba coqueteando. Justina le estaba coqueteando, eso le pareció extraordinario.

—Tampoco quiero que me llames de usted.

—¿Por qué?

—Porque me haces sentir viejo.

—Eres mayor que yo.

—Sí, pero no soy viejo. Tengo apenas treinta y siete ¿Y tú que edad tienes?

—¿Cuántos crees? —ahora lo tuteaba.

—veinte.

—Frío.

—veintiuno.

—Más frío.

—¿Hacia arriba o hacia abajo? —Se sorprendió que esté jugando con una jovencita como un adolescente.

—Hacia abajo.

—diecinueve.

—Tibio.

—¡Dieciocho!

—Demoraste demasiado ¿Querías decirme algo?

Federico estaba gratamente sorprendido, por él, poque era la primera vez después de Emily que tenía una conversación tan larga con una joven; por ella, porque nunca la había visto hablar y reír tanto.

—Justine, quería decirte …

—¡Federico! —apareció saludando Tencho.

—Hola Tencho. Te estaba buscando.

—¿Y por qué no has pasado? ¿Por qué te has quedado aquí afuera?

—Es que tú no estabas, pero aquí Justine me ha hecho fácil la espera.

—¿Y para qué me buscabas?

—Para … Para saber si no había venido a tu corral una cabra que se me ha extraviado.

—Fíjate tú. Si está por ahí, o si no, vienes mañana, cuando encierre.

—Bien. Entonces vuelvo mañana. Hasta mañana. Adiós Justine.

Hacía tiempo que Federico quería preguntarle a Justina si quería casarse con él, porque la consideraba una buena chica, agradable, serena y sería una buena madre para sus hijos. Ahora ha sentido algo muy parecido al enamoramiento, casi igual a lo que sentía ante la presencia de Emily. ¿Se había enamorado?

Había querido hablar con ella antes de hacerlo con Tencho, para no sufrir un nuevo rechazo, pero le pareció esta tarde ver cierta predisposición de Justina a un posible noviazgo.

En la mañana siguiente, con Tencho buscando en el corral su cabra extraviada le habló del asunto, aun cuando había decidido esperar a hablar primero con Justina.

—Tencho, quiero hablar contigo sobre un asunto muy importante.

—¿Qué asunto importante, puede ser ese?

—Me quiero casar con Justine —lo dijo sin rodeos, casi brutalmente, que Tencho demoró en reaccionar.

—¿Qué? ¿Ella está de acuerdo?

—No lo sé.

—¿Entonces?

—Quiero que me autorices a hablar con ella.

—Pues habla con ella.

—Pero siempre estás presente. Quiero hablar a solas.

—¿Cómo ayer? —dijo Tencho dando a entender que sabía que la presencia de Federico hablando con Justina ayer, no era casualidad.

—Como ayer —dijo Federico, que sonrió como reconociendo que había sido descubierto.

—Está bien. No tengo problema que se case contigo si es lo que ella quiere. Anda ahora en la tarde y les permitiré que hables en el alar de la casa.

Así se hizo. Esa tarde llegó Federico bien cambiado de ropa, con sus botines del ejército canadiense bien lustrados y su sombrero blanco de paja. Además, se había echado agua de colonia.

Cuando Tencho los dejó solos, no se anduvo con rodeos, como parecía ser su costumbre en estos asuntos últimamente.

—Justine, quiero que te cases conmigo —le dijo mirándola a los ojos.

La joven, inclinó la cabeza mirando al suelo, mientras él no dejaba de observarla. Parecía que meditaba una respuesta. Federico pensó si no habría sido muy brusco.

—¿Pero no se supone, que antes tendrías que decir: «quiero que seas mi enamorada»? —dijo de repente Justina levantando rápidamente la mirada.

—Quiero que seas mi enamorada —dijo de inmediato Federico.

—De acuerdo —también de inmediato contestó Justina como si estuvieran jugando a quién responde más rápido.

—Entonces, ya podemos casarnos.

—¡Todavía no! Primero debo saber quién eres.

—Ya me conoces. Soy Federico Escobar.

—Conozco lo que todos conocen, lo que cualquiera puede ver. Pero yo no seré cualquiera en tu vida, ¿o sí?

—No. Claro que no.

—Entonces, no te apresures. Hagámoslo con calma. Ven a visitarme más seguido y me abrirás tu corazón y yo te abriré el mío. ¿Está bien?

—De acuerdo.

—Ahora, deberíamos decirle algo a mi papá. ¿No te parece? ¿Él te quiere mucho sabes?

—Claro que los sé y ahora quiero que su hija también me quiera mucho.

—¡Esoo! Ahora te invito a cenar. Entra.

Así empezó lo que terminaría en matrimonio. Federico le contó a Justina todo lo que había vivido en Canadá. También lo de Emily. Sobre todo, lo de Emily. Una vez que lo hizo, se sintió libre, liviano y feliz otra vez. La felicidad lo había alcanzado en el sitio más inesperado. Tal vez esa era la clave: no tratar de alcanzar a la felicidad, sino dejar que ella te alcance.

29

EL MATRIMONIO

Justina estaba emocionada con el matrimonio, jamás se imaginó que el amor le llegaría de esta manera tan inesperada por alguien que hasta no hacía mucho no existía.

Federico era una persona considerada. Capaz de hacer cosas como sostenerle la silla para que se siente, o la puerta abierta para que pase; algo no acostumbrado por allí. Esos detalles le gustaban a Justina. Se imaginaba la princesa que había sido rescatada por un príncipe venido de tierras muy lejanas.

—Nos casaremos en privado —le dijo Federico un día en que estaban sentados en el cobertizo de la casa de Tencho.

—¿Por qué, acaso te avergüenzas? —replicó rápidamente Justina.

—¿La verdad? Sí.

—¿No me consideras buena para ti?

—¿Yo he dicho eso?

—Has dicho que te avergüenzas.

—Me da vergüenza de que la gente diga que un hombre viejo se está casando con una jovencita que podría ser su hija.

—Tú no eres viejo. Quítate esas ideas de la cabeza. Además, ¿qué nos importa?

—He pensado, en todo caso, reconstruir nuestra capilla, para que nos casen aquí.

—Eso sería maravilloso. Nuestra propia capilla, como en los cuentos. Además, un día nuestros hijos también se casarían en ella.

—Me alegra que te guste la idea. Empezaré mañana. No quiero que nos gane el tiempo.

Federico cumplió con reconstruir la capilla. Viajaron a la capital de la provincia, con Tencho para contratar al cura. Les dijeron que esa capilla ya no estaba reconocida por la parroquia, como lugar para impartir sacramentos. Debería ser en otra, la más cercana a su casa.

—No quiero que nos casemos en otra de por aquí —le dijo Federico a Justina, cuando salieron de la parroquia.

—¿Y entonces?

—Nos casaremos en la catedral de la capital del departamento y lo que íbamos a gastar lo invertimos en un viaje a Guayaquil. ¿De acuerdo?

—De acuerdo.

Así lo hicieron y no hubo invitados. únicamente doña Mariana con su hijo mayor y Tencho con su familia.

Un año después del matrimonio les nació el primer hijo. Lo llamó Federico. A pesar de que él lo hubiera querido llamar como su padre, a Justina le gustaba el nombre de su marido.

30

EL ÚLTIMO VIAJE

En su último día de Federico sobre la tierra, es decir vivo sobre la tierra, se levantó muy temprano, en realidad de madrugada, exactamente a la una. En esa época solo un carro colectivo salía de Cenagal para la ciudad de Tumbes y lo hacía a las tres de la mañana lo que hacía que lleguen a su destino a las seis, cuando negocios y oficinas aún estaban cerrados. La salida de madrugada tenía el objetivo de ganar los pasajeros a los otros dos colectivos que partían de más abajo, estrategia que también era innecesaria para pasajeros habituales de la zona, porque estos veían a los tres colectiveros como si fueran partidos políticos, una vez tomada una posición era poco probable que cambien de partido. Los pasajeros-partidarios, no esperaban a la orilla de la carretera sino escondidos detrás de un cerco, de una pared o de un árbol. Cuando les tocaba viajar avisaban al transportista escogido un día antes. El día del viaje, se estacionaba y llamaba con el claxon, para que se acerquen y suban al vehículo.

A Federico le daría igual, tomar cualquiera, pero en la mayoría de las veces, solo un colectivo subía hasta su pueblo y si lo perdía, se quedaba, por eso tenía que avisarle al chofer desde el día anterior, también.

Su pantalón de dril y su camisa blanca de algodón, planchados la noche anterior, esperaban doblados sobre una silla de madera a que termine de afeitarse mirándose en un espejo borroso, que apenas reflejaba su cara. Su esposa Justina, también levantada muy temprano, preparaba el desayuno consistente en un café hervido, o café de olleta, y unas yucas sancochadas, todo acompañado con unas rebanadas de queso de cabra. En sus desayunos, pocas veces se consumía pan, solo cuando se traía desde Tumbes o se bajaba a comprar a Cherrelique donde la señora Carmen. Este día tampoco hubo pan. Una vez que se vistió y tomó desayuno, empaquetó unos costales vacíos de yute, para la carga al regreso, se puso su sombrero nuevo, especial para fiestas, se despidió de Justina con una palmada en la espalda y un beso en el cabello; y se dirigió al borde de la carretera, al costado de la casa de Tencho, su suegro. Pero antes tenía que pasar por el corral de vacas, para abrir la puerta y que salga un torito que había encerrado el día anterior para venderlo, pero no iba a haber quien lo alimente en el encierro. Esto se le ocurrió recién ahora, mientras se afeitaba. Le gustaba decir que las mejores ideas las tenía en la mañana justo cuando se rasuraba.

Ya en el corral había deslizado una de las maderas de la puerta, cuando sintió un agudo dolor en el pecho, «he comido muy rápido» pensó, se enderezó y aspiró intensamente aire para llenar sus pulmones, sin embargo, un nuevo dolor aún más agudo hizo que todo se nuble a su alrededor y cayó sentado arrecostado en el cerco de palos.

Hasta aquí había llegado su camino. Hasta aquí lo trajeron los giros del destino. Cambió su suerte las veces que pudo, pero no pudo evitar volver al punto de partida.

Su suegro Tencho, lo estaba esperando en la puerta de su casa, para entregarle un dinero para un encargo y ayudarle a cargar los tres chivos que llevaría al mercado de Tumbes. Lo esperó hasta que pasó el colectivo y no apareció, le tocaron claxon y tampoco respondió. Todos asumieron que no viajaría. Se había desanimado el perdido.

Como a las nueve de la mañana Tencho se fue a buscar a su yerno para enterarse del motivo por el cual había pospuesto su viaje y para saber si viajaría mañana, porque tenía amarrados los tres chivos castrados, o capones, que tenía que haber llevado. Los mantenía amarrados o los soltaba. Dependía de si viajaba mañana o no.

Tencho vivía en una especie de promontorio, como a quinientos metros de la casa de Federico. Para llegar a esta, tenía que descender a un valle cubierto de guayacanes y otros árboles y arbustos propios del bosque seco; luego subir a una meseta donde se encontraba también la casa hacienda donde vivía doña Mariana. Federico había construido una casita con paredes de quincha recubiertas con barro y pintadas de blanco, en el techo en lugar de tejas de cerámica, había puesto planchas acanaladas de calamina. Las paredes eran altas para evitar el calor generado por los rayos del sol sobre el metal.

Tencho se aproximó a la casa y desde el corredor, una especie de corral que rodeaba la casa llamó a su hija:

—Justina, hija.

—Sí, papá —se escuchó desde adentro.

—¿Está Federico?

A Justina le pareció extraña la pregunta, si su padre sabía que había viajado a Tumbes.

—Pero papá ¿caso, no ha pasado por tu casa?

—No. Por eso te pregunto.

—Esto es muy extraño, papá. Federico salió como una hora antes de que pase el colectivo.

—Dos cosas han podido suceder: que se haya olvidado de pasar por mi casa o que no haya viajado. Ambas muy raras. Creo que debemos seguir su rastro, que espero no lo hayan borrado los animales.

Diciendo esto, Tencho se puso a mirar el suelo en busca de huellas.

—¿La huella de los zapatos que usa son como las que dejan los borceguís de soldado que tiene? —preguntó Tencho, mirando con detenimiento unas huellas muy nítidas marcadas sobre la tierra blanquecina de la pampa y que se dirigían hacia los corrales.

—Sí. Muy parecidos. Logró conseguir un par de zapatos con huella parecida. Le encantan esos borceguís, creo que aún le traen recuerdos.

—Entonces se ha ido primero a los corrales. Seguiré las huellas.

—Espera papá, que te acompaño.

Papá e hija tomaron el camino hacia los corrales siguiendo las huellas que había dejado nítidamente marcadas en el camino Federico. El recorrido lo hicieron en silencio, les preocupaba que algo le hubiera sucedido al viajante. No sabían qué con exactitud, pero especialmente en Justina un extraño sentimiento de peligro la embargaba.

No fue necesario acercarse mucho a los corrales. Como a cincuenta metros antes de llegar hasta la rústica puerta de palos cruzados del corral de vacas, observaron un cuerpo caído. Un temblor con epicentro en el corazón de Justina la hizo palidecer.

—Oh, Dios mío —exclamó y emprendió la carrera en dirección del cuerpo caído. Tencho la siguió, quedándose rezagado por sus movimientos más lentos.

Federico yacía apoyado en los dos últimos palos de abajo de la puerta, inclinado hacia el lado derecho y con la cabeza inclinada hacia adelante, sostenida por el mentón apoyado en el pecho. De lejos parecía un ebrio durmiendo.

—¡Federico! ¡Federico! —Gritó con desesperación Justina. Lo tomó de los hombros y lo sacudió, lo que hizo que el cuerpo se incline pesadamente.

31

MACKENZIE

En realidad, Mr. Mackenzie era el apodo dado por una sola persona. Federico sabía quién era, porque se lo había dicho en su cara, se lo decía en su cara, a pesar de que era su sobrino. En todo caso, Federico prefería que lo llamen Mr. Mackenzie a que lo llamen el perdido. El apodo le vino por sus repetidas referencias a que participó en la guerra gracias a la declaración de esta a Alemania por Mr. Mackenzie King, el primer ministro canadiense en setiembre del año treinta y nueve.

Cuando Federico murió repentinamente, el encargado de guiar al juez desde Tumbes hasta la hacienda Cenagal fue precisamente su sobrino Manuel, el que le puso el apodo. Que, dicho sea de paso, la noticia lo golpeó muy fuerte, pues le tenía un cariño muy especial y envidiaba en cierta forma las aventuras que había vivido Federico y que se las refería con lujo de detalles. Manuel también debió ser muy especial para Federico, porque fue al único a quien le contó lo vivido en tierras extranjeras, de lo único que no le habló fue de Emily. Tal vez le resultó siempre muy doloroso.

Manuel cometió el error de ir a mirar el cadáver y quedó espantado de ver como su rostro se había hinchado, deformando todas sus facciones. Le impresionó tanto lo que vio, que de ahí para adelante empezó a tener pesadillas con el rostro del finado. Adquirió un miedo enfermizo que no era capaz de conducir su camión, cuando se encontraba en las cercanías de la hacienda Cenagal, sin compañía. Sentía su presencia a su costado y aceleraba todo lo que el camino lleno de curvas peligrosas se lo permitía. Solamente acompañado podía acercarse a la zona a dejar a algún pasajero, ahora que había adaptado su camión como colectivo. Habitualmente, en el pueblo de Cherrelique, buscaba compañía entre los muchachos que solían reunirse a conversar después del partido de futbol de todas las tardes; recogía a todos los que quisieran y pudieran ir hasta la hacienda o a sus cercanías a dejar carga o pasajeros.

Cuando le preguntaban por qué tanto miedo, contestaba:

—Es la venganza de míster Mackenzie, por el apodo que le puse. Como con las balas de Tencho.

—¿Como las balas de Tencho? —alguien preguntaba.

—Como las balas que un día descargó míster Mackenzie de su carabina para dejarlas caer dentro de un agujero en el tronco de un árbol diciendo: «es para asustar a Tencho cuando me muera». Cuando murió, Tencho jura haber escuchado disparos en el bosque, que según él eran las balas de Federico y no paró hasta encontrar el árbol y retirar los proyectiles, pero a diferencia de Tencho, yo no puedo retirar de mi cerebro su imagen deformada.

32

EPÍLOGO

El hijo de Federico y Justina, un muchacho moreno de ojos grandes y negros, como los de la madre, alto, como el padre, capaz de conquistar con su simpatía a quien quisiera, vivió con su madre, mientras estudió su primaria en la escuela del pueblo, que ahora impartía primaria completa.

Para seguir sus estudios secundarios se fue a la capital del departamento. Cuando cumplió los diecisiete años falleció en un accidente de tránsito. Su madre se quedó devastada y sola. Jamás pudo restablecerse de la pérdida trágica e inesperada de sus dos grandes amores. Como es lógico, la muerte del hijo la dejó más muerta que viva. Algunos años después, Justina también partió de este mundo.

De Federico, del perdido, de míster Mackenzie, ya no quedó nada, únicamente el recuerdo de los que lo conocieron, por ahora. Hasta que estos mueran también y solamente quede una lápida en el cementerio de Cañaveral y una cruz en la puerta de un corral de vacas.

FIN

06 de enero de 2022

INDICE

El autor

Nacido en el departamento de Tumbes, Perú. Ingeniero químico, por la universidad nacional mayor de San Marcos.

www.ingramcontent.com/pod-product-compliance
Lightning Source LLC
LaVergne TN
LVHW091047150826
845673LV00002B/491

9786120092088